DU MÊME AUTEUR

AUX ÉDITIONS GALLIMARD

L'heure exquise, roman, 1998.
Le temps des dieux, roman, 2000.
Les kangourous, roman, 2002.
Ce qui s'enfuit, nouvelles, 2005.
Quelque chose à cacher, roman, 2007 (« Folio », n° 4964).
Beau rivage, roman, 2010.
La vie en marge, roman, 2014.

AUX ÉDITIONS ARLÉA

La ville, roman, 2009 (Arléa-Poche).

L'ANNÉE DE L'ÉDUCATION SENTIMENTALE

DOMINIQUE BARBÉRIS

L'ANNÉE DE L'ÉDUCATION SENTIMENTALE

roman

nrf

GALLIMARD

1

C'était convenu : Muriel viendrait attendre les deux autres à la gare où s'arrêtait le TER régional. Le temps était lourd ; on était au milieu du mois d'août. Elle gara sa voiture, puis se tint un moment sur le quai en se reprochant d'être en avance et d'être sortie à l'heure la plus chaude. La gare était vide, à part l'employé de la SNCF du guichet. Il faut être folle pour sortir maintenant, pensa-t-elle. Ou très seule.

Le paysage semblait pris dans une sieste infinie. Le soleil tapait fort. Elle finit par se reculer et se tint dans la brève ligne d'ombre du toit.

C'était une gare de campagne. Il n'y avait que deux quais face à face, une seule voie, un train qui circulait dans les deux sens ; c'était probablement la même rame qui partait et qui revenait, avec une plus grande densité de trafic le matin et le soir, quand les gens qui habitaient le coin se rendaient au travail ou rentraient. En milieu de journée, se dit Muriel, les wagons seraient vides, elle n'aurait aucun mal à les reconnaître.

Elle étudia tout un moment les fiches horaires, même celles qui concernaient des lieux où elle n'irait jamais, de petites gares intermédiaires et provinciales. Elle marchait de long en large sur le quai, et avec ses cheveux grisonnants (elle n'avait pas eu le temps de faire sa teinture et ses racines reparaissaient) elle avait l'air de ce qu'elle était, une femme plus toute jeune, en robe de coton bleu, sans manches, bras nus, elle regardait la ligne fuyante de la voie.

Elle avait toujours eu envie de traverser à pied cette voie unique bien que ce fût strictement interdit « en dehors du passage souterrain », juste pour voir, pour se trouver dans la tranchée au milieu de cette voie champêtre, bordée d'herbes folles, pour passer de l'autre côté, ou peut-être parce qu'elle n'avait jamais rien transgressé dans sa vie, même pas volé un bonbon quelque part.

Ce n'est pas dangereux. On a largement le temps, se disait-elle ; on voit les trains arriver de loin.

Les deux autres, qui approchaient dans le compartiment lumineux et vitré du TER, regrettaient vaguement d'avoir accepté l'invitation, elles avaient épuisé toutes sortes de sujets, et elles consultaient leur portable, feuilletaient des magazines, lisaient des articles sur le bronzage, sur la protection de la peau au soleil, et des articles plus sociaux – il y en a toujours un ou deux, intercalés entre les nouveautés en maquillage : là, c'était un article sur les Bédouines du désert.

Elles se documentaient sur la vie des Bédouines, buvaient de l'eau à cause de la chaleur, se demandaient à quoi ressemblait la maison de Muriel, regardaient défiler des champs de maïs sec et de tournesols, des potirons en formation, des gares, des haies couvertes de mûres d'un rouge pâle ; elles demandaient :

— Ça fait longtemps que tu ne l'as pas vue ?

— Je l'ai de temps en temps au téléphone.

— Comment s'appelle ce bled ? C'est en rase campagne, dit Florence, d'un air inquiet.

Anne vérifia :

— Il faut descendre à la gare de Clisson. Tu as vu ? Il y a déjà plein de mûres dans les haies. On pourra peut-être en cueillir.

— Il fait trop chaud, dit Florence. Cette chaleur n'est pas normale.

En réalité, elles avaient toutes les trois un peu d'appréhension, mais tout se passa bien.

Le train se présenta à l'heure au bout de la perspective. Le message fut diffusé, *Éloignez-vous de la bordure du quai.*

— C'est Muriel, dit Florence en se penchant quand le train ralentit. Là, en bleu. Je la reconnais.

Elles notèrent que Muriel avait beaucoup épaissi (c'est ce que dirait Florence plus tard, à son mari, Bertrand, en ajoutant : Je me suis doutée de quelque chose). Mais est-ce que c'était vrai ?

Elles firent de grands signes comme les voyageuses font toujours au moment des arrivées et des départs. Elles secouèrent les bras avec enthousiasme comme quand elles avaient vingt ans et qu'elles avaient fait leur fameux voyage en Italie ; elles s'embrassèrent, se disputèrent pour porter les valises, dirent : C'est formidable de se revoir, « la bande », presque au complet !

Elles quittèrent la gare de Clisson sous le soleil brûlant de l'après-midi. L'employé au guichet ne leva pas les yeux quand elles passèrent devant lui.

*

— Vous n'avez pas de piscine? Vous auriez pu faire une piscine, fit observer Florence, lorsqu'elles furent toutes les trois assises dans le jardin, autour de la grande table en teck. Vous aviez de la place. J'aurais bien vu la piscine là, sur la droite. Le long de la maison. (Elle montra l'emplacement sur la droite.) Ce serait agréable.

Mais Muriel haussa les épaules :

— Jean-Louis n'a pas voulu. C'est trop cher, une piscine ; c'est trop d'investissement pour quelques jours d'été. De toute façon, la chaleur ne va pas durer. On annonce un orage.

Une petite inquiétude les gagna. Un pressentiment. Un soupçon. Elles observèrent les feuilles du chêne au milieu du champ de l'autre côté de la route ; les feuilles ne bougeaient pas ; pas le moindre souffle.

Il y avait un groupe de vaches. Elles avaient déserté le centre du pré et s'étaient réfugiées à l'ombre d'une haie.

— Ce n'est pas sûr que ça crève, protesta Anne. Quelquefois, l'orage s'éloigne.

Les oreilles de la chienne remuèrent, comme si elle aussi écoutait, comme si elle aussi guettait l'immobilité de la nature : elle y percevait des choses que les femmes ne pouvaient pas sentir ; peut-être qu'elle reniflait de petits animaux qui foraient leurs galeries sous la terre, de petits animaux vivants, pleins de sang, des souriceaux, des taupes. C'était une chienne labrador, Babouchka, dite Babou.

Elle s'était couchée à leurs pieds. Elle haletait à petits

coups et bavait. Il faisait trop chaud. Elle avait un pelage trop épais, le cœur fragile, propre à sa race.

Il avait fait presque 40° dans la journée (38° à l'ombre), le soleil avait cuit la pelouse, l'herbe était jaune et sèche, et – comme dirait Florence à son mari Bertrand, quand elle rentrerait à Paris – une piscine n'aurait pas fait de mal. Je ne comprends pas Jean-Louis, dirait Florence. Surtout, je ne comprends pas Muriel. À sa place, j'insisterais.

À la radio, ils avaient parlé de « canicule ». Les deux invitées se dirent heureuses d'être en dehors des villes, de s'en être tirées (comme elles dirent en acceptant un verre d'eau fraîche) ; à la radio, ils avaient dit qu'il fallait boire ; des couches de pollution aux particules fines stagnaient sur les villes, surtout sur Paris.

Un instant, en respirant l'air chaud, plein d'une odeur d'herbe séchée, elles pensèrent à leurs poumons saturés de particules fines, au ciel saturé de particules fines, à l'odeur de gaz d'échappement sur les boulevards, à l'incessante circulation des livreurs et des cars de tourisme qui tournaient à la recherche d'un parking sans arrêter leur moteur, à l'orage qui peut-être se préparait là-bas, aussi, qui ferait claquer les fenêtres ouvertes des appartements, qui soufflerait jusque dans les couloirs du métro, et noircirait le ciel d'une couleur de mazout. À Paris, en cette fin d'été, le ciel du soir était de couleur soufre, une couleur de poison, on s'empoisonnait – cette couleur de poison magnifique, si belle au-dessus du pont Saint-Michel ou de la passerelle des Arts,

mais ici, en pleine campagne, l'air était pur, on aurait pu se croire au dix-neuvième siècle si des voitures ne passaient pas de temps à autre sur la route; les vaches disposées sous les arbres composaient ce genre de tableaux des petits maîtres d'autrefois qui remplissent les musées, si justes qu'on a l'impression que les bêtes vont se mettre à remuer la queue et que les nuages vont glisser, se dilater lentement dans le ciel vide, quelle chance, dirent aimablement les deux invitées, ce grand jardin, cette belle maison, tout cet air pur, c'est magnifique!

— J'aime la campagne, dit Anne. J'y allais quand j'étais petite.

En réalité, l'immobilité de la campagne leur faisait peur. «Tout cet air pur» (comme elles dirent) les étouffait. Ce silence. Ce suspens. Elles avaient posé leurs sacs à côté de leur chaise, avec les magazines. Elles regardaient autour d'elles. Le grand ciel vide, laiteux et trouble, semblait glisser vers la bordure de l'horizon.

La maison était ouverte, sombre, comme une maison des Tropiques.

*

Elles s'étaient connues en fac, au Quartier latin. Inévitablement, la conversation tourna autour de ces années – les années 80 –, les années de leur jeunesse, de leurs études dans les couloirs de la Sorbonne. Les années de «la bande», elles dirent: La grande époque!

Elles suivaient «le cours de Boulis» sur *L'Éducation sentimentale*; «la bande» y était au complet; elles s'asseyaient au premier rang, Florence parce qu'elle était myope et ne voulait pas correspondre au profil de l'intellectuelle à lunettes qui n'intéresse pas les garçons, Anne parce qu'elle était amoureuse de Boulis, Muriel, parce qu'elle suivait les autres. Le cours avait lieu à huit heures ; l'amphi était gelé ; ils coupaient le chauffage la nuit, et Muriel avait fait remarquer avec beaucoup de bon sens qu'elles auraient dû choisir un cours dont l'horaire était plus tardif, mais Florence avait protesté que Flaubert était l'ancêtre de la modernité, son point de départ. Boulis avait la cote ; il avait un cheveu sur la langue, un mélange très normalien d'académisme et de gouaille, une familiarité un peu snob avec les personnages du roman. Quand il disait : « ce crétin de Frédéric », l'amphi frissonnait d'enthousiasme. Elles suçaient le capuchon de leur stylo, notaient des phrases dans lesquelles il était question de l'amour idéalisé de Frédéric Moreau, de l'identification de Marie Arnoux à la Vierge, et de la révolution de 48. Boulis avait pointé l'ambiguïté de la formule « la poire est mûre » qui semblait s'appliquer à Louis-Philippe que les révolutionnaires caricaturaient sous la forme d'une poire, mais pouvait aussi s'appliquer à Marie Arnoux (prête à céder à Frédéric). Tant de cynisme les avait éblouies. Elles se formaient à des subtilités qu'elles ignoraient. Essaie de ne pas être trop poire dans ta vie, ma fille, se disait Florence.

À la sortie du cours, elles allaient au Malebranche. La bande s'y retrouvait. Quelques filles, et des types qui se donnaient le genre « philosophe » parce qu'ils étaient inscrits à des certificats de métaphysique qu'ils séchaient presque toujours. Politiquement, la bande était partagée entre une gauche molle et une droite minoritaire à tendance royaliste. Les radicaux étaient tentés par l'orthodoxie grecque : ils lisaient les pères de l'Église, fulminaient contre le matérialisme, polémiquaient sur l'origine du Saint-Esprit, projetaient de passer l'été au mont Athos, où étaient interdites et les femmes et les chèvres.

Quand elle ne parlait pas du Saint-Esprit, « la bande » se repaissait d'histoires sentimentales.

Le Malebranche est fermé maintenant. C'était le café le moins cher du Quartier latin ; il était moins cher que les cafés de la rue Soufflot. À midi, il se remplissait de la faune avachie des étudiants des années 80, qui relisaient leurs cours, jouaient au flipper, commentaient les matches Borg-McEnroe, consommaient des cafés noisette, des croque-monsieur, des jambon-beurre, des salades « Malebranche » : œuf dur, salade verte, dés de jambon (la salade « Malebranche » n'étant qu'une plate adaptation de la salade dite « parisienne »).

Elles l'ignoraient.

Elles savaient à peine qui était Malebranche et ne savaient pas davantage par quoi le Malebranche avait été remplacé. Quand elles retournaient au Quartier latin, elles ne faisaient pas attention, elles ne se souvenaient plus, elles revoyaient un porche vert, celui de l'immeuble à côté, Muriel voyait plutôt un porche brun – ce qui avait remplacé le Malebranche était peut-être un centre d'esthétique, ou un pressing minute ou une boutique de mode.

— Vous avez su ce qui est arrivé à Éric ? dit Muriel, je ne savais pas, c'est Christophe qui me l'a appris. Je ne sais plus comment on est venus à en parler au téléphone. Christophe m'a dit : Le Coz a eu un accident de la route, tu n'es pas au courant ?

Anne regarda au loin.

C'était elle qui avait rencontré Éric à l'angle de la rue Soufflot et de la rue Saint-Jacques, l'année de la licence.

Elle l'avait entraîné dans la bande. La bande avait ensuite commenté inlassablement leur relation derrière son dos : Qu'est-ce qu'il lui trouve ? Qu'est-ce qu'il y a entre eux, *exactement* ?

— C'est le premier, dit Muriel ; ça fait quand même un choc,

elle voulait dire : le premier d'entre nous, le premier de la bande ; mais c'était inutile, et elle se contenta d'idées toutes faites :

— C'est inévitable dans un groupe, au bout d'un certain temps, c'est statistique ; il y en a qui disparaissent. Une certaine proportion. (Elle le formula prudemment :) Il y en a qu'on laisse sur le bord du chemin. Il a été incinéré, toujours d'après Christophe. À Morgat. Ils ont dispersé ses cendres.

Il y eut un silence gêné :

— Éric, dit Anne, ne voulait pas vivre comme les autres.

— Qui, soupira Florence, veut vivre comme les autres ?

Elles parlèrent un moment d'Éric. Elles n'avaient pas su grand-chose de sa vie ; leurs chemins s'étaient séparés. Tu l'avais perdu de vue toi aussi, dirent-elles à Anne. Elles cherchèrent dans leurs souvenirs, et celui qui paraissait le plus consistant était la technique qu'il avait pour voler les Pléiade chez Gibert Jeune. Il traînait un moment devant le rayon en feuilletant des livres, en choisissait un, annotait discrètement des passages au crayon, réglait quelques éditions de poche d'un prix modeste, et faisait passer le Pléiade pour son exemplaire de travail ; à la caisse, il montrait les pages crayonnées et précisait, sobre et studieux : c'est mon exemplaire personnel.

Il disait : Ce n'est pas du vol, c'est la simple justice ; la société devrait nourrir ses philosophes. C'est moral.

— Aujourd'hui, dit Muriel, pensive, ce ne serait plus possible avec les code-barres. Il paraît qu'il a dépassé sans visibilité, la voiture a fait un tonneau. Il est parti dans le décor.

Muriel fit une sorte de schéma sur la table : son bras gauche représentait la route que coupait sa main droite. C'était le carrefour. La vie d'Éric s'arrêtait là (mais Florence lui donna un coup de pied sous la table, elle s'arrêta net).

À cause d'Éric, de fil en aiguille, elles parlèrent d'Irène. Irène vivait au Nigeria avec son mari. Avant, elle avait vécu à Athènes. Elles l'avaient perdue de vue.

— Qu'est-ce qu'il fait, son mari ?

— Bâtiments, gros chantiers à l'international, des routes, des voies ferrées, des structures d'aéroports.

Muriel dit :

— Je n'aimerais pas vivre à l'étranger. Je crois que j'aurais le cafard.

— Où est le Nigeria ? demanda Florence en extrayant un « Petit écolier » LU de sa gangue de plastique. Je veux dire : Où est le Nigeria exactement ?

Aucune ne savait.

— Où as-tu acheté cette petite robe, Florence ? demanda Anne. C'est très joli, cette coupe ; finalement, le noir, ça fait jeune. C'est ce que je me disais en la regardant dans le train.

— Oh, dit Florence, modeste, sur Internet, je ne sais plus. C'est trois fois rien.

Elle sourit, souleva ses cheveux balayés de reflets auburn. Elle les portait mi-longs ; on voyait aussi qu'elle avait appliqué du fond de teint. Elle dit :

— C'est un coton ultraléger, et pourtant je transpire. C'est atroce.

*

— Et Pierre ? demanda Anne. Quelqu'un a de ses nouvelles ?

Personne n'en avait.

— Irène ne doit plus en avoir. Ils ne se parlent plus.

Elles abordèrent une fois de plus l'histoire d'Irène et Pierre à l'époque. Elle avait divisé la bande en clans, il y avait eu des propos rapportés, des propos déformés, des vengeances, des jalousies : Irène avait été amoureuse de Pierre ; ils avaient « été ensemble » pendant plusieurs années. Puis, Pierre avait plaqué Irène pour Linda, une Américaine, une fille, disaient les plus hostiles, « absolument sans intérêt », un genre « sportif ».

– Belle, quand même, protestaient les autres.

Florence se versa du jus de fruits. Elle dit :

— C'est lui qui l'a lâchée. Ç'a été terrible pour elle !

— Irène n'avait qu'à s'en prendre à elle-même ; elle n'a jamais su ce qu'elle voulait, fit remarquer Muriel. Les types ne savaient pas sur quel pied danser avec elle. Pour moi, Irène était une allumeuse, elle n'a eu que ce qu'elle méritait.

Florence pinça les lèvres ; elle n'aimait pas le mot « allumeuse » qui lui avait été appliqué plusieurs fois par les différents étudiants en cursus commercial avec qui elle sortait.

— Tu as vu des photos ? demanda Muriel.

— De quoi ?

— Irène, voyons, sa maison en Afrique. Elle t'en a envoyé ? C'était toi qui étais la plus proche. Qu'est-ce qu'elle doit s'ennuyer ! Qu'est-ce qu'il y a à faire, au Nigeria, à part la piscine ?

Florence fit remarquer :

— La piscine, c'est déjà pas mal. Elle doit fréquenter le milieu des diplomates. C'est toujours mieux que le « milieu enseignant ». Moins médiocre.

Elles soupirèrent ; elles étaient toutes « dans l'enseignement » et elles abordèrent le long chapitre de leurs griefs, le niveau des élèves et la dévalorisation du métier : Anne enseignait à l'université, Florence était dans un lycée technique du treizième arrondissement après avoir subi plusieurs collèges en zone d'éducation prioritaire, Boris-Vian, au Mans, Prévert à Carcassonne.

Depuis qu'elle vivait en province, Muriel avait dû se contenter elle aussi d'un poste au collège le plus proche, et – comme disait Florence à Bertrand – la plupart des collègues masculins des collèges étaient aussi usés que leurs cartables,

le métier use, expliquait Florence à Bertrand, il n'y a pas que les vacances, il n'y a pas de métier plus usant. Ils parlaient dans le désert comme les prophètes en Israël, quand ils sortaient de leur salle au milieu de la mer hurlante de leurs élèves, ils étaient seuls. Il n'y avait pas d'êtres plus seuls que les professeurs. Les élèves, expliquait Florence à Bertrand, ne sont pas de véritables interlocuteurs ; les collègues sont médiocres et envieux, les inspecteurs sectaires.

Florence eut l'air de rêver un instant aux ressources qu'offrait le milieu des diplomates. Puis en décroisant les jambes sous la table, elle suggéra :

— Au Nigeria, il y a certainement des diplomates séduisants. J'aurais adoré épouser un ambassadeur.

— Je te reconnais bien là, fit remarquer Anne. Tu as toujours été snob. Tu mènes une vie qui n'a rien à voir avec tes idées, je suis désolée de te le dire, tes idées d'autrefois, tes idées politiques ; ça ne va pas du tout avec tes convictions, c'est ce qu'on te reproche. Tu étais à gauche autrefois, il me semble. En tout cas, tu le faisais savoir. Tu militais. Tu mènes une vie qui n'a aucun rapport.

Florence protesta :

— On se fait tous des idées, on a des rêves, je suppose. On a le droit. On évolue. On a le droit d'avoir ses contradictions. Tu es terriblement rigide. Pour moi, la vie consiste à se faire des idées. J'avais celle-là : épouser un ambassadeur. Ça ne fait de mal à personne ; ça ne fait de mal qu'à moi, dit-elle, sombre, en buvant une gorgée.

— Ça ferait plaisir à Bertrand, remarqua Anne.

Muriel tenta de faire diversion :

— Pierre a fait un peu de politique, je crois. Du cabinet.

Anne ricana :

— Il était dans la banque aux dernières nouvelles. Je suis tombée sur une interview de lui dans un journal. Sur les actions. Pierre est devenu spécialiste des actions. Ne t'inquiète pas pour lui. Pierre est un homme d'argent. Tu te souviens bien qu'il ne voulait jamais nous prêter un centime. Il prétendait qu'il avait besoin de monnaie pour les cabines de téléphone. Il a choisi la banque pour cette raison-là. Il a choisi son Américaine pour l'argent. J'en mettrais ma main à couper. Il a laissé Irène pour de l'argent. Pour sa carrière.

Il y eut un coup sourd qui sembla secouer le fond du paysage. Il venait d'un gros nuage roulé en boule qui masquait à demi le soleil.

Il fit sombre sur la pelouse comme dans la petite salle obscure, enfumée, et bondée du Malebranche d'autrefois, pleine d'une faune avachie et bruyante qui avait sombré dans l'oubli, ou qui avait vieilli – c'est tout comme –, qui en avait laissé « sur le bord du chemin », qui avait renoncé à beaucoup de ses convictions.

On avance courageusement, et certains tombent.

Dans l'ombre qui s'étendait sur le champ, se profilait pourtant quelque chose qui avait persisté en elles, à leur insu, quelque chose d'induré – ces images que le temps dépose –, c'était là, au Malebranche, dans la petite salle sombre où ils allaient jouer au flipper, la salle du fond (là où la bande avait ses habitudes), qu'Irène avait pleuré pour une histoire de cœur dont personne d'autre qu'elles ne se souvenait. Pour une histoire vieille comme la lune, comme les étés au mont Athos. Cette histoire faisait partie du dépôt qu'avait laissé en elles l'existence. Elles en parlaient encore. Elle les remuait encore. Elles en souffraient encore ?

— Le tonnerre, dit Muriel. Vous avez entendu ?

*

La table en teck était recouverte de verres, de tasses, de coupelles d'olives, de carottes taillées en lanières, de bouteilles de jus de fruits, de noix (parce que la table se trouvait sous le noyer et qu'elles avaient fait une récolte, même si les noix n'étaient pas mûres). Il y avait aussi des poires tombées – de grosses poires râpeuses et vertes qui venaient du poirier de Muriel.

Celles qui tenaient encore aux branches du verger pendaient dans la lumière basse et vénéneuse et laissaient par terre de courtes ombres ovales. Un tuyau d'arrosage enroulé sur lui-même était posé au pied des groseilliers. Il n'avait pas servi. Il avait lui aussi son ombre dédoublée, un mince ruisseau noir. Il était sournoisement rattaché à un robinet de fonte dans la haie.

C'était un soir d'été, comme il y en a des milliers dans une vie, un soir d'une étrange et troublante familiarité, avec des prés voluptueusement obscurcis par les arbres, des odeurs d'herbe, de maïs. Ici ou là, des bouquets d'arbres au feuillage épais – les arbres épargnés par le remembrement – sortaient aux jointures des champs, équilibrant si bien les lignes basses du paysage ; avec l'orage, ils paraissaient presque noirs, ils se découpaient sur le ciel en silence avec leur forme très précise, leur feuillage dru, avec une grâce, avec cette terrible immobilité dont ils doivent souffrir.

Le maïs était sec et jaune. Des prunes tombaient.

C'était un soir qui rappelait l'enfance.

Le soleil qui avait été si terriblement chaud pendant la journée rougissait derrière le nuage, il était maintenant au niveau des arbres, ce qui créait cet allongement des ombres projetées ; une vapeur humide et lourde était montée ; la nature attendait. Dans le ciel, des bandes de gaze qui fonçaient aux abords du soleil, prises dans son champ magnétique, formaient de compactes couches grises et cotonneuses, puis s'émiettaient, laissaient des lacs plus clairs dans lesquels des fumerolles détachées d'une nuance encore plus pâle avaient l'air de reflets.

Par moments, des cyclistes passaient sur la route, la tête à hauteur des maïs ; ils accéléraient ou changeaient de vitesse au moment d'aborder la pente dans une direction indiquée, *Le Lambourg* ; ce devait être un bois. Leurs ombres s'allongeaient sur le pré,

comme celle d'Yvette autrefois, pensait Anne, quand on partait en promenade avec maman et tante Geneviève, le soir, à Saint-Benoît, et ma grand-mère,

– ma grand-mère et ses filles, comme elle disait –,

elles mettaient des chapeaux de paille,

elles allaient se promener le soir, quand le soleil avait baissé, elles disaient : le soleil « tape moins » sur la route,

et la fermière, Yvette, toujours :

(elle arrivait en pédalant, la ferme se trouvait au virage)

— On se promène ? Bonsoir, mesdames.

Quelquefois elle disait aussi : Belle soirée, du beau temps.

Quand Yvette s'était éloignée avec son ombre, l'ombre d'une grosse femme corpulente qui remuait lentement les genoux, tante Geneviève éprouvait toujours le besoin de dire :

— Yvette doit aller au cimetière,

ou : Yvette doit aller ramasser ses salades.

Et grand-mère : il faudra que je lui demande de me donner des plants de salade, tu m'y feras penser, ou : il faudra que je lui demande une bouture du rosier qu'elle a mis sur la tombe de ses parents,

des roses grenat magnifiques, j'ai oublié le nom de ces roses, j'aimerais en planter, moi aussi, ça rend bien sur les tombes, ces roses rouges,

mais tante Geneviève disait : J'aime mieux les roses jaunes, elles sont beaucoup plus parfumées,

elles discutaient,

elles pouvaient discuter à l'infini des roses rouges et des roses jaunes ; elles parlaient tout le long de la route, tout le temps,

on marchait dans le bruit de leurs voix, on passait dans les ombres sur la route.

Yvette remuait lentement les jambes, ses genoux montaient et descendaient, on se demandait comment elle arrivait à maintenir le vélo en équilibre avec tant de lenteur, et tante Geneviève disait, quand elle était passée :

— Yvette n'a pas maigri. À mon avis, elle va chercher sa salade. À cette heure, la grille du cimetière est fermée, quelle heure est-il ?

Et grand-mère :

— Le cimetière ne *peut pas* être fermé, voyons. Ils ne ferment jamais les grilles, tu parles « pour ne rien dire » ; tu es pleine d'idées baroques !

grand-mère (morte maintenant).

Quelle paix il y avait dans tout ça, pensait Anne. Dans ces voix sur la route !

Parmi les vaches du champ, deux étaient debout et trois autres couchées, et pour le moment, rien ne bougeait, le passage des vélos ne modifiait rien, les deux vaches debout gardaient la même orientation – celle d'une ligne décalée mais parallèle à l'horizon comme si elles avaient peur de le regarder en face ; elles restaient là, figées, obtuses, confusément décoratives et parallèles à la clôture électrifiée.

Les trois autres, allongées, mâchonnaient de l'herbe

(on voyait l'épine dorsale de leur dos en longueur),

et chaque arbre projetait devant lui une ombre – celle d'un chêne s'allongeait au milieu d'ondes peignées de terre granuleuse.

Chaque vache versait aussi à côté d'elle un petit bac d'ombre, un peu comme une citerne, un long haricot, une baignoire personnelle, chaque vache, même couchée, représentait une forme de relief qui avait sa part d'ombre

(d'ailleurs, la vache couchée et vue de loin a la forme d'une vieille baignoire, avec ses renflements, ses monticules de côtes, ses hanches).

Au loin, le château d'eau faisait un minuscule donjon dessiné sur le ciel. Il se trouvait au carrefour de deux routes entre des champs de pommes de terre et des pylônes d'où pendaient de grands fils mous.

– Ils ont considéré que Le Mans, c'était un genre de promotion, disait Florence. Ce n'est pas loin de Paris, en train ; même si ce n'est pas glorieux, évidemment ; ce n'est pas ce que j'avais rêvé, j'étais en zone d'éducation prioritaire. Les zones d'éducation prioritaire, on dirait qu'il n'y a que ça, maintenant, dans l'Éducation nationale. L'Éducation nationale est devenue une vaste zone d'éducation prioritaire. Tu as de la chance, toi, d'être à l'université, dit-elle à Anne sur un ton un peu agressif.

Le statut d'Anne l'énervait.

— Oh, tu parles ! dit Anne en haussant les épaules.

*

— À propos, reprit Florence, vous savez que je suis retournée en Italie, dans le golfe, début juillet ?

— C'est vrai ? dirent les autres.

— Quand j'ai vu le rivage sous l'aile de l'avion, ça m'a fait quelque chose. Il faisait nuit, mais j'ai reconnu la route côtière, vous vous souvenez ? Les lauriers-roses et le restaurant de poissons où on allait manger des calamars. Je me suis dit : l'île doit être sur ma gauche. Quand on était au restaurant de poissons, on voyait l'île sur la gauche. Mais l'île était toute noire ; la nuit, maintenant, ils n'éclairent plus le monastère. J'ai vu aussi une péninsule, comme une sorte de pain de sucre avec d'autres lumières à mi-hauteur. Ce devait être le Sacro Monte. Il y a plein de nouvelles stations balnéaires. Ça s'est beaucoup construit. De l'avion, on voyait les carrés des piscines sur la terre, beaucoup de maisons ont des piscines, comme ça, les gens n'ont plus besoin de descendre à la mer par cette route dangereuse.

Ils ont éteint les lumières dans la cabine pour l'atterrissage ; on était déjà bas, j'ai reconnu l'éclairage du centre historique.

On a atterri deux heures après la catastrophe aérienne en Argentine, Bertrand et moi. On a vu les premières images sur une chaîne d'information en continue en récupérant nos bagages sur le tapis. L'avion en flammes. Quand j'ai appelé maman pour dire que j'étais arrivée,

– j'appelle toujours maman dès que j'arrive –

ça n'a pas manqué, elle a dit : Vous avez vu la catastrophe ? il n'y a pas un survivant. C'est une bombe, certainement. On ne sait rien ; on n'a pas retrouvé les boîtes noires. Tant qu'on n'a pas retrouvé les boîtes noires...

J'ai dit : passe-moi papa. Mais elle a dit : je ne vais pas déranger ton père. Ton père est occupé. Il regarde l'émission spéciale. Franchement, je n'aimerais pas être à votre place ; prendre l'avion en ce moment. Voilà ce qu'a dit maman : *je n'aimerais pas être à votre place*. Ça, ajouta Florence, c'est maman tout craché, appuyer là où ça fait mal.

— Il a quel âge, maintenant, ton père ? demanda Anne.

— Quatre-vingts, dit Florence. Il ne rajeunit pas.

— Papa est décédé, dit Anne en soupirant, en 2008. C'est papa qui nous avait emmenées au train, vous vous souvenez de papa ?

Elles opinèrent, firent sur la pointe des pieds le tour de l'épineuse question des parents vieillissants, menus désastres, aides ménagères à domicile, maisons de retraite, déambulateurs, prises en charge. Vingt ans auparavant, elles parlaient des enfants, dents de lait, pédiatres, méthodes d'apprentissage de la lecture, analytique ou globale, tests pour les surdoués.

*

— La Rosetta n'existe plus, dit Florence. J'y suis montée avec Bertrand. Les propriétaires ont vendu. Je ne sais pas ce qu'est devenue la signora Benedetti. J'ai demandé dans le village, mais personne n'était au courant. Nous avions pris une chambre, dans un hôtel récent, plus bas, sur la côte, un « resort » : le Lodge. Le monastère est en travaux. Ils consolident la façade. Elle était couverte d'échafaudages. La villa Apollon, toujours pareil. Les mêmes volets fermés, on dirait qu'ils ne les ont pas ouverts depuis trente ans. Le même palmier increvable. Je crois que les palmiers sont comme les éléphants. Au milieu de notre séjour, ils ont fait un feu d'artifice. Ils le tiraient d'en haut, depuis le Sacro Monte. C'était beau. Ça illuminait la montagne. On est allés le voir sur le corso Garibaldi. Il y avait un monde terrible. (Elle rit :) Je me suis demandé si j'allais croiser Maurizio. Il avait sa boutique et, avec le tourisme, il a bien dû la développer. C'était le genre à aimer les feux d'artifice.

Elles convinrent que c'était le genre à aimer les feux d'artifice.

— Tu as parlé de Maurizio à Bertrand ? demanda Anne.

Elles pouffèrent comme des filles de vingt ans.

— Il y a prescription, dit Florence. Bertrand s'en moque. Qu'est-ce que tu veux que ça lui fasse ?

— Tu l'as revu ?

— Non, dit Florence.

— Tu n'as pas essayé de le revoir ? Quand même, tu aurais pu. J'y serais allée, moi. Au moins, tu es rentrée dans la boutique ?

— Non, dit Florence, je n'y suis pas allée. J'ai retrouvé le magasin sur le port, ce n'est pas difficile ; je suis passée devant ; c'était à côté du café ; maintenant, je crois que c'est un glacier ; je veux dire : le café est devenu un glacier, mais le magasin est toujours là ; il y a un grand comptoir en Plexiglas, mais tout avait changé. Je n'ai pas voulu… je ne sais pas… Je n'étais pas sûre. Il a sans doute passé la main. Je trouvais que c'était ridicule après toutes ces années. Oui, c'était ridicule.

— Oh, dit Muriel, pourquoi ? Il aurait peut-être été content.

(Mais elles pensaient toutes la même chose : il ne l'aurait pas reconnue ; elles pensaient : À quoi bon ? il a certainement oublié. Les hommes oublient.)

Elles gardèrent le silence.

— Remarque, dit Muriel, maintenant, Maurizio doit avoir dans les soixante-dix.

— Oh, dit Anne, à ce point ?

— Il avait plus de trente ans. 81. Calcule.

*

81.

C'était l'été où elles étaient allées ensemble en Italie.

Sac à dos, elles avaient arpenté des rues poussiéreuses, visité des sites, attendu à des arrêts de car, mangé beaucoup de pêches. C'était une brune qui les vendait au bar-alimentation de la *piazzetta*. Elles se rappelèrent le bar et la brune. Les pêches étaient si grosses que trois pêches suffisaient à remplir un pochon de papier gris.

Le bar-alimentation était sombre, il sentait l'artichaut mariné et le salami.

La brune du bar était enceinte, elle appuyait son ventre gonflé au bac de congélation pour les servir, et elles se demandaient si le bébé sentait le froid, à l'intérieur du ventre, au moment où la brune ouvrait le bac de congélation pour en extraire un Cornetto à la vanille ;

elles « adoraient » les Cornetto à la vanille.

Elles parlèrent des lasagnes de la signora Benedetti, de la pension La Rosetta, une pension économique, tout en haut du village. Les chambres étaient plutôt rustiques, un lit, un lavabo, une fille faisait le ménage ; quand elle avait fini, elle laissait le seau avec la serpillière à l'entrée du couloir,

elles descendaient à la mer par la route de la corniche, longeaient le mur de la « villa Apollon ». À trois heures, le silence de l'été était énorme. Le jardin grillait sous le soleil. Il y avait au centre ce palmier gigantesque unique et poussiéreux dont le tronc avait l'air en corne ; elles imaginaient un salon très sombre – l'ombre épaisse des intérieurs – avec de lourds rideaux, des fauteuils rouges Second Empire, ces lustres de Murano qui ressemblent à des poulpes, et au mur, des Descentes de croix ou des vues encrassées de la plaine du Latium, comme dans *Le Guépard* de Visconti.

— Il y a peut-être un héritier, faisait remarquer Florence, quand elles jetaient un œil à travers la grille.

Elles avaient visité le monastère de l'île. Des femmes faisaient le chemin de croix du Sacro Monte à genoux depuis la basilique. Elles avaient fait l'ascension, elles aussi ; elles visitaient tout ; elles absorbaient tout. Elles se baignaient dans la mer chaude, s'enduisaient de crème solaire ; elles mettaient des lunettes de soleil qui leur donnaient un air impénétrable, et derrière leurs lunettes de soleil (des masques), jeunes et impénétrables et avides, couvertes de coups de soleil, elles allaient regarder le point de vue depuis le belvédère du village.

Une fois, elles avaient mis des pièces dans ce genre de lunette payante comme un horodateur qui permettait de distinguer les détails de la côte. Mais le bruit de moteur mesurant la mise en marche du temps les paralysait (comme les pièces qu'il fallait mettre dans les cabines téléphoniques). L'instrument était lourd à manipuler. Elles n'étaient jamais arrivées à faire le point. Elles n'avaient vu que le bleu de la mer dans la lunette trouble comme une grosse loupe, et une sorte d'objet blanc. Après, elles s'étaient aperçues que c'était la chevelure de l'ange du portail du monastère.

Maurizio avait klaxonné alors qu'elles remontaient la route depuis la plage, traînant les pieds avec leurs sacs et leurs serviettes, il avait proposé de les monter au belvédère dans sa voiture ; elles avaient accepté, comme avait dit Florence, elles ne risquaient rien, à plusieurs.

Après, il les avait emmenées danser deux ou trois fois dans la plaine derrière la montagne, une boîte à côté d'une casse de voitures.

Elles dansaient sur le « tube » de l'été,

Sarà perché ti amo.

Un groupe qu'on entendait partout, aux terrasses des cafés, dans les voitures, le groupe s'appelait « Ricchi e Poveri », un nom complètement ridicule.

Elles rentraient à deux heures du matin, l'air était tiède.

Il fallait une clef spéciale pour rentrer à La Rosetta après minuit, elles enlevaient leurs sandales, passaient pieds nus en chuchotant par une porte sur l'arrière du bâtiment, traversaient le petit vestibule qui ramenait à la réception,

il sentait les lasagnes froides,

il y avait un bouquet de fleurs en tissu sur le comptoir, des photos des papes Jean XXIII et Paul VI avec leurs calottes blanches, des images du Christ au-dessus des casiers des clefs – le Christ montrant son cœur. La signora Benedetti était très pieuse, elle montait tous les ans à genoux les cinq cents marches du Sacro Monte.

Maurizio avait embrassé Anne sous les photos des papes Jean XXIII et Paul VI, un soir, pendant que les deux autres étaient déjà dans l'escalier,

la minuterie s'était éteinte,

il l'avait retenue par le poignet, attirée contre lui dans le petit vestibule, l'avait lâchée quand la lumière était revenue,

– une des autres, à l'étage, avait dû appuyer sur un des interrupteurs du couloir –

Anne ne l'avait jamais dit.

Maurizio avait une boutique de souvenirs sur le port, il vendait des cartes postales, des boules en verre qu'on renversait, une neige en cristaux de polystyrène tombait sur le château Saint-Ange, la tour de Pise, Saint-Pierre de Rome.

Il n'était pas impossible d'ailleurs que Maurizio eût également embrassé les deux autres l'un de ces soirs où ils revenaient de la boîte dans sa voiture, attirant à lui la dernière, profitant de la faible durée de la minuterie.

Il fallait remettre les choses à leur place, ne pas être trop « poire », comme Florence disait.

Elles l'étaient, plus ou moins.

À la mi-août, elles avaient pris le train pour Rome. À Rome, elles avaient fait à pied toute la voie de la Conciliazione avec leurs sacs à dos. Elles logeaient dans le Trastevere et mangeaient des pizzas tous les soirs.

Florence prenait toujours la *quattro stagioni* parce qu'il y avait des artichauts,

Muriel, celle avec des anchois et des olives.

Elles avaient goûté leur premier *tartufo* au pied de la fontaine du Bernin, la fontaine des Quatre-Fleuves ;

le soir elles s'asseyaient au bord du Tibre qui n'avait presque plus d'eau et qui paraissait sale,

elles regrettaient la mer, sans vouloir se l'avouer,

à Rome, pensaient-elles, on ne doit rien regretter.

Elles pensaient : « Voir Rome et mourir ».

(Mais c'était : « Voir Naples et mourir ».)

Il faisait chaud, la chaleur était réverbérée par les pierres, elles regrettaient la petite pension tranquille accrochée au rocher, sa terrasse en béton au-dessus de la station balnéaire, la voix de la signora Benedetti le soir, qui montait de la nuit sous la terrasse, à jets continus, quand la signora prenait le frais avec des voisines – cette paix des voix dans la nuit,

elles regrettaient le silence de leurs chambres fraîches et nues quand le sol en travertin avait été passé à la serpillière par l'employée qui laissait le seau dans le couloir,

elles regrettaient Maurizio.

Elles traînèrent à Rome leur nostalgie. Elles avaient promis d'envoyer une carte postale ; elles en signèrent une, n'en reçurent jamais.

À Rome, il y avait cette odeur particulière du marbre

dans les églises, elles pensaient que c'était l'odeur du Vatican, l'odeur de l'art. Quant au Tibre, il sentait les égouts. Elles n'arrivaient pas à dormir; des touristes passaient paresseusement dans la nuit, le long du fleuve, des couples qui se donnaient la main, ils rentraient à leur hôtel; elles n'avaient qu'une chambre qu'elles partageaient, il fallait payer le robinet pour la douche, et enjamber les sacs à dos de toutes sortes d'étudiants allemands ou hollandais.

Ces étudiants de l'université de Hambourg, ou de l'université d'Amsterdam jouaient de la guitare au bord du Tibre, assis à cheval sur le parapet au coucher du soleil. Elles n'étaient pas pressées de rentrer et, assises avec leurs cornets de *nocciola* ou de *stracciatella* dans l'odeur de pierre chaude, d'égout, de marbre chauffé par le soleil, et de pâte à pizza de la nuit romaine, faisant des sourires aux solides Hollandais gratteurs de guitares, regardant le ciel orangé devenir d'un bleuâtre subtil comme les ciels du Lorrain, gorgées d'art et de vague à l'âme, elles écoutaient *Souvenirs de l'Alhambra*, ou *Jeux interdits*.

En septembre, un des Allemands de l'université de Hambourg avait rendu visite à Florence à Paris. Naturellement, elle n'en avait rien dit aux deux autres.

— J'ai apporté des photos, dit Florence, qui se pencha et sortit un paquet de son sac. J'en ai retrouvé plein mon tiroir.

Elles se regardèrent, s'exclamèrent, quels affreux shorts elles portaient! Le port était un port des années 80. L'eau arrivait au niveau des quais de pierre blanche. Elles virent la *piazzetta*, la basilique de Santa Maria Assunta, d'innombrables vues de la corniche; les rochers étaient pris de travers.

Le bleu de la mer semblait sombre, comme si la couleur elle aussi avait vieilli. La mer était-elle aussi sombre ? Elles pensèrent : c'est la pellicule ; elle a foncé avec le temps.

Elles virent l'étudiant de Hambourg.

— Qui est-ce ? demandèrent-elles.

Florence mentit : je ne sais plus, et mit la photo sous la pile. Elles virent Maurizio, en chemisette blanche, les cheveux plaqués par le gel. Elles le reconnurent à peine. Il posait entre Anne et Muriel, les tenant par l'épaule.

— Anne, il est à peine plus grand que toi. Regarde !

— Il a dû beaucoup grossir, dit Muriel. C'était le genre d'homme à pas mal grossir.

Elles se passaient les photos, riaient, se montraient des choses et devaient se pencher pour voir ; elles sortirent leurs lunettes, l'une après l'autre.

La lumière baissait. Le soleil invisible avait passé la ligne d'horizon. Les gros nuages ronds, gonflés, moites, avançaient toujours sur le champ. En dessous, la terre fonçait.

Oui, c'était vieux, tout ça, la chaleur blanche, les arrêts de car poussiéreux, les grosses pêches juteuses du « bar-alimentation ». Maintenant, elles mangeaient des poires ; elles cassaient des noix, mais les noix étaient encore fraîches ; c'était tendre, blanc, croquant à l'intérieur, amer. On aurait dit du céleri. De temps en temps, elles essayaient encore, elles s'acharnaient comme on s'acharne toujours plus ou moins avec les noix. Elles écrasaient la noix avec une pierre ; elles la mettaient en miettes. On ne sait pas pourquoi les noix suscitent cette sorte de passion destructrice. Elles se rabattaient sur les cacahuètes et sur les olives.

Florence montra les photos plus récentes du « Lodge » où elle avait passé juillet. Et c'était bien ce que les autres imaginaient, le genre d'endroit que fréquentaient Florence et son mari : les *bungalows*, la piscine à débordement, la terrasse panoramique. Elles aperçurent Bertrand en chemise Lacoste claire sur fond de ciel bleu.

— Montre, dirent-elles. C'est Bertrand ?

Il avait sur le dessus du crâne une légère tonsure, elles convinrent que ça lui donnait un air élégant. Elles sortirent des photos de leurs enfants. Anne n'en avait pas. C'était une « infériorité » sur laquelle les deux autres avaient eu bien des discussions au téléphone. Sur cette question des enfants (leurs progrès, leurs études, leurs expériences), elle restait silencieuse, n'ayant pas voix au chapitre. Elle ne s'exprimait que sur la question universitaire (les cursus et les orientations que les autres avaient perdus de vue). Elle n'était pas mariée non plus. Elle avait eu différents compagnons, le genre d'hommes qu'elle rencontrait dans son métier, chercheurs en sciences sociales, universitaires divorcés inaptes à la vie ordinaire. Elle faisait une carrière intéressante, disaient les autres, et dirigeait une unité de formation et de recherche, elle ne vivait pas l'horreur des collèges en zone d'éducation prioritaire, mais il était probable qu'elle connaîtrait une vieillesse solitaire, et ça, disaient les autres quand elles s'appelaient au téléphone, c'était le pire, la vieillesse solitaire.

À propos d'Anne, Florence avait dit plusieurs fois à Bertrand : Dans le fond, je la plains.

*

Au fond, les hommes étaient arrivés dans leur vie comme les lions viennent boire au fleuve le soir, en Afrique. Muriel, qui était la plus effacée, s'était mariée la première. Elle avait épousé Jean-Louis, un ingénieur, un beau garçon, sportif, au teint mat. Anne s'était éloignée d'Éric. Elle avait alterné plusieurs chercheurs en sciences sociales aux chemises froissées, qui regardaient tout le monde de haut et dansaient mal. Quant à Florence, après avoir entretenu des correspondances sentimentales avec des étudiants de cursus commerciaux, des élèves ingénieurs, même un maître-nageur de Pontoise, elle avait épousé Bertrand, qui travaillait au ministère des Transports. Personne n'arrivait à comprendre comment elle était passée du maître-nageur de Pontoise à Bertrand.

Pour chacune d'elles, la vie des autres était un mystère. Mais elles avaient besoin des autres pour apprécier ce qu'elles vivaient. C'était en comparant qu'elles arrivaient à se faire une idée de leur vie. Sans possibilité de comparer, leur vie leur paraissait indéchiffrable. Ainsi, elles avaient toujours pensé que Muriel qui, physiquement, disait Florence, n'en avait pas vraiment les moyens, avait « décroché le cocotier » en épousant Jean-Louis.

— Personne n'a compris, disait Florence, les jours où elle soliloquait devant Bertrand le dimanche, en voiture, quand ils revenaient de chez sa mère – la mère de Bertrand avait une maison à Milly-la-Forêt.

Le retour en voiture, dans les files de circulation, dans la pénombre du dimanche, rendait Florence méditative, elle regardait les lumières rouges des feux arrière, les petits villages compacts de Beauce, pris dans l'ombre du dimanche soir, elle réfléchissait à la vie, elle pensait au passé, à ce qui avait eu lieu, à ce qui restait un mystère, elle regardait les bords noirs de la route, elle répétait : « personne n'a compris » (elle voulait dire : Personne n'a compris ce qu'il lui trouvait de spécial) ; elle, Muriel, était terriblement amoureuse, en extase devant lui.

— Tu vois Muriel ? disait-elle à Bertrand au moment où il déclenchait son clignotant et s'engageait sur une bretelle de sortie d'autoroute. Si tu veux, quand elle était jeune, elle était petite, un peu ronde, très discrète, intelligente mais franchement insignifiante. Lui avait quelque chose – je dis bien quelque chose – de George Clooney,

Tu vois George Clooney ? demandait Florence à Bertrand en regardant l'ombre envelopper sur la gauche une ferme fortifiée beauceronne pleine d'une vie inconnue (et peut-être d'une vie possible),

mais Bertrand ignorait George Clooney et disait :

— Ne me déconcentre pas, tu vois bien qu'il y a de la circulation.

Il n'était pas facile d'avoir une conversation avec son mari. Dans un couple, chacun restait seul.

Cela faisait longtemps que les hommes étaient entrés dans leur vie comme les lions viennent boire au fleuve ; maintenant, la plus grande partie de leur vie était derrière elles, c'était ce que se disait Florence souvent, en rentrant de chez sa belle-mère – une épreuve – tandis que la voiture freinait dans les bouchons et que l'ombre emportait l'une après l'autre les fermes fortifiées beauceronnes pleines de vies inconnues. Mais n'était-elle pas affaiblie par un dimanche chez sa belle-mère ? Le fond d'hostilité usant, dissimulé sous les paroles ? N'était-elle pas, certains dimanches, comme vidée de sa substance, désemparée, vaincue ? Surtout les soirs d'automne.

— Ta mère me déteste, disait-elle au profil de Bertrand, qui soupirait et déclenchait les essuie-glaces (quelquefois, pour arranger le tout, il pleuvait). Tu le sais et tu ne prends jamais mon parti. Devant ta mère, tu es si lâche !

Elle regardait par la vitre de la portière. Il pleuvait. Et elle pensait à toutes ces vies, certaines commençaient, certaines finissaient. Aucune n'en était au même point. Il n'y avait jamais d'arrêt. Simplement une longue glissade en avant, des points de rencontre, des parallèles, des asymptotes ; on vivait un moment avec ses enfants, puis les enfants vous dépassaient. C'était un peu comme les coureurs du triathlon.

— Il faut toujours, disait-elle à Bertrand, que ta mère me fasse des réflexions blessantes.

Maintenant, leurs vies avaient un contenu objectif. Leur vie était concrète. Elle était solidifiée derrière elles. Les hommes avec qui elles vivaient avaient les cheveux gris (ou étaient chauves) et quelquefois, quand elles les voyaient de dos dans des assemblées familiales, sous un angle différent de celui dont elles avaient l'habitude,

quand leur attention se relâchait, quand leur effort se relâchait (cet énorme effort qu'elles mettaient à vivre),

dans une partie plus silencieuse et stable de leur être – celle qu'elles se représentaient quand elles disaient « moi », qu'elles avaient d'ailleurs du mal à localiser,

par exemple, quand elles entraient dans une pièce et voyaient leurs maris d'un peu loin dans un groupe d'amis, quand elles oubliaient tout ce qui s'était passé (on ne peut pas toujours être conscient de tout ce qui s'est passé),

elles avaient l'impression de voir leurs oncles autrefois, dans les « communions solennelles », et elles avaient un coup au cœur,

elles avaient l'impression de voir les oncles rougeauds et portés sur le vin qu'elles devaient embrasser.

Ils avaient beau faire du tennis, ils parlaient de leurs points de retraite et ils ressemblaient à leurs oncles autrefois,

ces hommes grisonnants qui calculaient leurs points de retraite et qui *ressemblaient à leurs oncles* étaient *leurs maris.*

C'est incroyable ! pensaient-elles ;

ils boivent trop ! pensaient-elles. Il faut qu'ils arrêtent.

Elles détestaient quand, à la radio ou à la télévision, on disait : une quinquagénaire a été retrouvée morte à son domicile. Ou encore : une quinquagénaire a été agressée dans le RER. Plus encore à cause de « quinquagénaire » qu'à cause de « morte » ou « agressée ». On ne pouvait pas éviter la mort et l'agression, mais on pouvait éviter ce mot administratif.

Elles parlèrent des actrices qui, malgré leur âge, s'en sortaient. Celles qui n'avaient pas de rides, qui ne baissaient pas les bras, qui « se battaient ». Mais elles n'étaient pas dupes :

— Elles se font de la chirurgie esthétique, dit Florence. Ça leur coûte une fortune !

— Elles perdent l'expression, dit Muriel, elles sont figées ; on dirait des momies, elles ne peuvent plus sourire.

— Elles vieillissent quand même, dit Anne. Elles ne pourront pas l'empêcher. C'est une guerre perdue.

Elles parlèrent de celles qui étaient célèbres quand elles étaient enfants, celles qui faisaient « la une » des magazines,

Ingrid Bergman, ou Liz Taylor, ou Grace Kelly,

Liz Taylor, et ses « yeux violets ».

Mais maintenant, n'importe qui peut avoir des yeux violets avec des lentilles.

Elles firent les comptes :

Ingrid Bergman : morte.

Liz Taylor : morte.

Grace Kelly : morte.

— Elle était si terriblement belle, soupira Muriel, dans ce film, dit Muriel (elle chercha le titre) : je l'ai revu l'autre jour à la télévision, ils l'ont passé en début de soirée.

— Je ne trouve pas, coupa Florence, elle était raide, trop distinguée, elle manquait de flamme, je préférais Romy Schneider,

(morte elle aussi),

ou Liv Ullmann, tiens, Liv Ullmann.

— Mais Liv Ullmann vit encore, dit Muriel, qu'est-ce que tu nous racontes ?

Et tout à coup, c'était cela qui paraissait invraisemblable, non pas la mort, mais cette durée miraculeuse de la vie,

car la vie s'étendait encore devant elles, comme l'herbe. Elles regardaient au loin, anxieuses,

– l'orage grondait à l'horizon –

leur vie dans laquelle il y avait eu Maurizio, l'Italie, et maintenant, devant elles, ce pré menacé par l'orage.

Est-ce que moi, je m'en sortirai ? pensaient-elles. Est-ce que je suis capable de m'en sortir ?

*

Elles avaient des milliers de fois mis la table, débarrassé la table, secoué les miettes, mis la vaisselle dans la machine, fait cuire du bifteck, acheté du Sopalin.

Maintenant, leurs enfants volaient de leurs propres ailes, leurs enfants les traitaient avec condescendance, comme de vieilles choses sympathiques, mais dépassées.

Totalement dépassée par la technologie, disaient-ils, *ma mère*,

incapable d'envoyer un texto, *ma mère*, disaient les enfants.

Ils tapotaient toute la journée sur leurs portables, partaient vivre au Qatar ou en Australie, mais réclamaient quand même une assistance financière,

elles ne savaient pas quand ils seraient indépendants, ils vieillissaient eux-mêmes à une vitesse ahurissante, déraisonnable. Pas plus tard que l'année dernière, Florence avait envoyé aux deux autres un faire-part du mariage de son fils Alexandre (Vous êtes prié, était-il écrit gracieusement dans un genre d'italiques, d'assister ou de vous *unir d'intention à la messe célébrée par le père Roger Duppont*,

Duppont avec deux *p*, avaient noté les autres,

en l'église…

«*En l'église*», avaient soupiré les deux autres.

C'était la volonté des parents de ma belle-fille, expliqua Florence. Des gens très à cheval sur les traditions ; elle prononça «belle-fille» et «à cheval sur les traditions» avec beaucoup de naturel. On sentait qu'elle était entrée dans le rôle, qu'elle avait à cœur de jouer celui-là aussi bien que les précédents, enseignante, femme, mère.

Les deux autres avaient pourtant eu un choc, elles avaient pris un « coup de vieux » collectif. Le faire-part de mariage du fils ressemblait en tout point à celui de sa mère, trente ans auparavant. Anne s'était dit avec une forme de satisfaction sournoise : Florence va devenir grand-mère. Elle voyait sa propre grand-mère, qui avait encore un chignon blanc et des peignes d'écaille, des gaines Playtex, des « combinaisons » en nylon – et cette corpulence essoufflée des femmes sans hormones.

Mais Florence n'était toujours pas grand-mère ; elle n'avait aucune intention de le devenir, elle était restée mince ; elle se musclait. Comme elle le précisa, elle faisait trois fois par semaine du « body pump ».

— Moi, je marche, dit Muriel (comme pour sa défense) bien que personne ne l'attaquât. Ici, à la campagne, dit Muriel, ça suffit. On fait toujours de l'exercice. Le jardin est grand. Arroser le persil, les groseilles. C'est tellement sec. Tout le carré est sec. (Elle soupira :) J'ai eu la flemme de le faire aujourd'hui. Mais quelquefois, je reconnais, j'ai envie de marcher ailleurs. Ouvrir le portillon et partir, juste partir, il y a des tas de petites routes dans le coin, des tas de petites routes que je ne connais pas et qui sont près d'ici, des routes que je n'ai jamais prises. C'est drôle. On vit quelque part des années, et on ne sait pas vraiment où on vit.

Elles regardèrent la route qui passait devant le jardin, elle montait en pente douce entre les arbres, vers ce lieu-dit, le Lambourg (il y avait une pancarte) – ce devait être un bois, ou une réserve de chasse, et c'était vrai, il y avait tellement de petites routes sur lesquelles on pouvait marcher à l'ombre des arbres. À l'infini.

Elles reprirent des gâteaux secs.

*

Les mouches piquaient, ce qui était un signe d'orage.

Un nouveau coup roula dans le ciel, et, justement, comme elles venaient de parler des enfants, un adolescent en jean se présenta, les cheveux savamment ramenés sur le front, collés par du gel, en bataille. On ne savait pas d'où il sortait, probablement d'une pièce de la maison. Elles le virent traverser la pelouse en même temps qu'elles entendirent le tonnerre. Plus qu'un adolescent, d'ailleurs, pensèrent les invitées quand il s'approcha d'elles, pieds nus dans l'herbe. Un jeune homme.

— Hugo, mon « petit dernier », dit Muriel. Le seul qui me reste. Cet été, il me tient compagnie.

Il souriait. Il demanda :

— Tu crois qu'il va pleuvoir ?

— Peut-être, dit sa mère. As-tu fermé ta fenêtre ? Je ne veux pas que les fenêtres claquent.

Il avait les yeux bruns et doux, de longs cils. Il les considérait de ses yeux bruns et doux.

— Si grand ? dirent-elles, impressionnées. Il a les yeux de Jean-Louis, exactement les yeux de Jean-Louis, c'est sidérant, le front de Jean-Louis. Le portrait craché de son père.

(Florence dirait à Bertrand : Jean-Louis jeune. Tu te souviens de Jean-Louis jeune ? Tu vois George Clooney ?

Florence dirait : cette impression de revenir des années en arrière.)

Muriel eut un petit sourire fier.

— Il est en fac. Il fait des lettres.

Il était légèrement barbu et avait l'air de sortir de son lit (comme la plupart des étudiants de lettres). Cela, inexplicablement, ajoutait à son charme.

« Un étudiant », pensèrent les autres. Elles eurent une pointe au cœur.

Elles se levèrent ; elles voulurent lui tendre la main mais il présenta sa tête en avant avec une docilité déconcertante et tendre (un peu comme la chienne Babou) et elles sentirent contre leurs joues ses joues piquantes.

Il resta devant elles, souriant en coin, se balançant d'un pied sur l'autre, pieds nus, oisif, une main enfoncée dans la poche avant de son jean ; de l'autre main, il se frottait le crâne ou flattait la tête de Babou qui haletait toujours en tirant la langue.

— Des photos ? demanda-t-il en prenant ce qui était sur la table. Je peux voir ? (Il les examinait avec ce même sourire en coin :) C'est vous ?

Elles dirent, confuses : Oui, nous. Il y a une bonne trentaine d'années. Elles rirent : ça date. En même temps, elles lui expliquaient : là c'est Rome. Tu connais Rome ? Là, nous mangeons des *tartufos* devant la fontaine des Quatre-Fleuves, piazza Navona. Le Bernin. Je ne sais plus quels sont les quatre fleuves : le Gange et le Nil. Mais les deux autres ? Peut-être le Danube. Là, c'est la côte ; je ne sais plus où. Un arrêt de car. Nous n'avions pas de voiture. Là, c'est Maurizio, un ami.

— Oh oh, dit-il, je vois, un bel Italien !

Il se penchait avec un léger sourire ironique. Elles reconnurent : Nos shorts n'étaient pas à la toute dernière mode. Elles se sentaient prêtes à tout. Prêtes à renier tout.

— J'espère que tu n'as pas passé l'après-midi sur ton ordinateur, dit Muriel, visiblement heureuse.

— Oh, maman ! dit le jeune homme, arrête avec ça !

Il sourit aux deux invitées, charmeur et tendre, prit son temps, puis retourna nonchalamment vers la maison, la main droite dans la poche avant de son jean, marchant pieds nus dans l'herbe comme le Christ. Il passa comme le Christ entre les poiriers du jardin.

Comment fait-il ? se demandèrent-elles, l'herbe est si piquante, surtout à la campagne, il y a toujours des cailloux, des coquilles d'escargot, des épines de rosier minuscules. Marcher dans l'herbe fait si mal. Mais il s'éloignait comme le Christ capable de marcher sur l'eau du lac de Tibériade, et le grondement lointain de l'orage évoquait la neuvième heure.

Dix-neuf ans.

À tout casser vingt.

— Il est charmant, ton fils, dirent-elles ensemble.

— Il est un peu poète, reconnut Muriel. En fac, il suit un « atelier d'écriture poétique ». Il écrit des choses vraiment bien. Il me les fait lire. Il va entrer en master en octobre. Sa petite amie fait un semestre en Amérique à Stanford. Il passe des heures sur Skype. Il devrait s'aérer. Je n'aime pas trop ça. Il ne va pas tarder à l'appeler. Je ne sais pas quelle heure il est à Stanford. Dix heures de décalage, je crois.

Elle cria :

— Tu ne vas pas appeler Sybille quand même, il n'est pas l'heure!

— Oh, maman! dit la voix lointaine de Hugo, avec reproche.

Il disparut dans la maison ouverte et sombre comme une maison des Tropiques. Peu après, elles entendirent la musique. Rythmée, sauvage. L'expression même, sonore, de la jeunesse, de la révolte.

— Du death metal, dit Muriel, c'est ce qu'il aime.

Elles firent une moue compétente, elles voyaient: du death metal.

Derrière les arbres du Lambourg, sur la droite, le ciel noircit. On entendit encore deux ou trois coups sourds, ceux de l'orage promis par cette journée de canicule. Auxquels répondaient, depuis la maison, ceux du death metal.

N'importe: quelque chose avait changé. Cette maison à la campagne, cette maison ouverte comme une maison des Tropiques contenait un homme jeune. Cette maison contenait le mystère de la jeunesse, le «poignant mystère» de la jeunesse.

*

— C'est bien, un poète! dit Florence en soupirant, tu as de la chance. J'aurais aimé avoir un fils poète. Alexandre n'est pas poète, il fait de l'informatique. Sa femme est commerciale chez Picard. Margaux, elle, a tenu un moment un journal. Mais elle devait surtout y raconter ses affaires de cœur; et d'après ce que je sais des histoires de ma fille, ça devait être confus.

— Bon chien chasse de race, fit remarquer Anne.

— Oh, dit Florence, ça fait longtemps que je n'écris plus à personne.

Elles rirent parce qu'elles pensaient aux innombrables lettres nébuleuses et mélancoliques que Florence écrivait aux élèves ingénieurs, qui ne débouchaient sur aucune conclusion précise – c'était même le but de ces lettres : ne déboucher sur aucune conclusion précise.

*

— En juillet, quand on est arrivés en Italie, reprit Florence en mangeant une lanière de carotte, Bertrand s'est trompé de route pour aller à l'hôtel. Bertrand est terriblement entêté, ça ne s'arrange pas avec l'âge. Il veut toujours avoir raison. On a roulé tout un moment dans une pinède en pleine nuit, un endroit complètement désert ; la route grimpait ; je ne reconnaissais rien ; je me demande si on n'était pas tout bonnement de l'autre côté, sur le versant d'en face ; celui qui avait brûlé, qui était tout pelé autrefois ;

il n'y avait pas une lumière, pas une maison, tout juste des panneaux : risque d'incendie. J'ai dit : Tu aurais dû demander à quelqu'un en sortant de l'aéroport ; je ne reconnais pas la route. Ce n'est pas la bonne direction,

mais Bertrand s'est mis en colère. Bertrand ne veut jamais demander son chemin. Il trouve ça humiliant. On a fait une bonne trentaine de kilomètres pour rien dans la montagne.

Quand j'ai eu le malheur d'insister, il a dit : « J'ai mon GPS. Je sais lire mon GPS. » Il a une confiance incroyable dans ces machines. Il a toujours le nez dessus. Il dit que c'est moderne. Un moyen d'information moderne. Moi, naturellement, je n'ai pas le sens de la modernité, puisque je suis une littéraire.

Au restaurant, il s'obstine à parler italien alors qu'il parle mal. Quand il dit *bon giorno*, ou *bona sera*, les serveurs sourient, mais je repère leur sourire; je n'ai peut-être pas le sens de la modernité, mais j'ai le sens d'autre chose, de petites choses très délicates, très fines, j'ai le sens du ridicule. Plusieurs fois, j'ai dit à Bertrand: Parle anglais, c'est bien suffisant, tout le monde comprend l'anglais dans un hôtel de standing international.

Dis-leur *I would like some tiramisu*, ils comprendront,

mais Bertrand est hostile à l'emploi généralisé de l'anglais par principe; c'est la moindre des politesses, me dit-il, à l'étranger, de faire l'effort de s'exprimer dans la langue du pays. Ce n'est pas vrai; ce n'est pas la vraie raison; dans le fond, il pense que ça lui donne un charme latin; il croit faire illusion; il ne m'écoute pas, il roule les *r*, il met les accents en dépit du bon sens, par courtoisie, à ce qu'il prétend, et il reprend du tiramisu qu'il adore, il aime trop les sucreries. Et, à ce moment-là – quand il prend du tiramisu alors que je refuse – il dit « par pur esprit de contradiction » –, rien pour la *seniora*, il dit « seniora » comme si j'étais espagnole, et il rit avec le serveur qui désapprouve, naturellement, car le menu avec dessert est plus cher que le menu « entrée et plat principal »,

c'est ça, avec Bertrand, il tire la couverture à lui.

Et quand le serveur apportait le tiramisu, naturellement, comme pour en rajouter, il me disait, bien fort, pour en faire profiter la galerie: Il est délicieux, tu as tort, *Gratzié*, avec un terrible accent allemand.

On se disputait. En fait, on a passé le temps à se disputer en Italie.

— Les vieux couples ! dit Anne en riant.

— Je suis sûre que le serveur nous a pris pour des Allemands. À l'hôtel, c'était bourré d'Allemands. Des couples entre deux âges qui dansaient dès qu'on leur mettait de la musique. Tous les soirs on y avait droit : *Strangers in the Night, Only you*, il y a tant d'Allemands en Italie.

— C'est direct, dit Anne ; ils descendent par le col du Brenner ; le change est favorable et il y a le soleil. Tu imagines ce que ça doit être, l'été allemand ? (Elle dit : La Ruhr.) Tu imagines la Ruhr, l'été ? Des quartiers de petits immeubles ; des jardins publics. Des pluies bien fraîches.

— Je déteste les étés frais, dit Florence, c'est vrai, j'aime la chaleur. J'ai toujours détesté les étés frais, l'idée d'un été frais me cause de l'angoisse, comme si l'occasion n'allait plus revenir, comme si la chance… un été, c'est si court.

Le Lodge ! pensaient les autres. Les « soirées avec animation musicale ». Elles voyaient exactement ce que c'était : la terrasse panoramique, les bungalows aux noms de peintres italiens (le Giotto, le Titien, le Véronèse), la piscine « à débordement » de couleur turquoise, une salle « fitness » avec des appareils de gymnastique, un institut de beauté avec des crèmes aux plantes « cent pour cent naturelles », la mer en dessous massant les rochers dans la nuit, le crooner appointé chantant *Let it be*, *Only you*, en promenant son micro sur la piste comme les chanteurs des émissions vieillottes,

(pendant qu'on suit au loin les petites lumières tremblantes d'une côte parce qu'elles dessinent la ligne d'un rivage inconnu, parce que ce sont des lumières dans la nuit, parce qu'on s'y raccroche),

un « moment d'exception », comme ils disent.

Anne fredonna doucement : *You are my destiny*,

elle dit : on allait à cette boîte dans la plaine derrière la montagne à côté d'une casse de voitures, vous vous souvenez ? La Rotonda ?... ou L'Alhambra ? Maurizio nous y a conduites plusieurs fois. Comment s'appelait cette boîte ?

— Je m'étais acheté une robe jaune, dit Florence. Une folie ! Trois mois de ma bourse de l'époque. Maurizio m'avait dit qu'il la trouvait jolie. Où peut bien être cette robe jaune ? Je ne sais plus ce que j'en ai fait. J'ai dû la jeter.

— L'Alhambra, dit Muriel. C'était le nom de la boîte.

*

Un bruit d'eau (semblable à celui de pièces de monnaie, une averse de pièces de monnaie) couvrit la route.

— Est-ce qu'il pleut ? demanda Florence.

— Non, dit Muriel, c'est l'arrosage. Ils arrosent le maïs.

Des bourdons s'élevèrent du cœur des lavandes. Ils devaient être à farfouiller dans le pistil. La musique – du death metal – sortait toujours de la maison, de plus en plus forte.

Un avion passa ; il suivait une ligne descendante qui semblait indiquer une phase d'approche. Il venait de l'ouest, il passa sur le château d'eau à l'horizon. Il passa au-dessus du chêne solitaire. Les vaches ne bronchèrent pas. Elles remuèrent seulement la queue. Elles chassaient les mouches.

L'avion eut l'air de passer au-dessus du bois du Lambourg.

En réalité, il passait plus loin. À des kilomètres, pensa Anne. S'il tombait, ce serait à des kilomètres.

Elle essaya de se souvenir des anciennes lettres de Muriel pour savoir ce qu'il y avait derrière le mur, ses premières lettres quand ils avaient acheté leur maison. « Une maison en pleine campagne », écrivait Muriel, Jean-Louis travaille maintenant dans une boîte en province ; elle donnait le nom de la boîte – une filiale d'un groupe connu –

et Muriel écrivait : « naturellement, j'ai suivi mon mari, une ancienne ferme que nous rénovons, un jardin, vous viendrez me rendre visite », elles n'étaient jamais venues. Elles n'avaient jamais trouvé l'occasion. Trop de choses à faire ! Les années passent trop vite. Anne calcula : C'était là qu'avait dû naître son fils. Dix-neuf ou vingt ans.

Un autre avion parut se diriger vers le point métallique du premier avion, il passa au-dessus, dans un plan différent. Il laissa lui aussi dans le ciel une longue rayure qui devint d'un rose soufre. Il ne tomba pas davantage (ou il tomba beaucoup plus loin).

— Muriel, tu dois être sur le tracé d'une route aérienne, dit Florence. Ce n'est pas gênant ? C'est embêtant quand même d'être sur le tracé d'une route aérienne. Vous y avez pensé quand vous avez acheté votre maison ? Moi, ça m'aurait fait réfléchir.

*

Sous l'escalier de la maison, il y avait un grand sous-sol avec ce qu'il y a généralement dans les sous-sols : des ballons, des balais, de vieilles trottinettes, des serpillières déchirées par les dents du chien, de grands fauteuils avec des bras de bois qui avaient été à la mode mais dont plus personne ne voulait chez soi depuis au moins vingt ans.

La mode avait été aux fauteuils en cuir, puis aux fauteuils danois, puis aux fauteuils anglais – du tissu avec de grosses fleurs (Cacharel, Primrose Bordier). Tout le monde avait aimé les meubles sombres, en bois massif, de qualité, puis on avait aimé les meubles lasurés, on avait mis les autres dans des maisons de vacances, mais les locataires des maisons de vacances avaient fini par dire qu'ils n'en voulaient plus eux non plus, de ces meubles noirs, c'était trop sombre, ça faisait penser aux vieilles personnes qui ne sont jamais meublées comme il faudrait, et personne ne voulait spécialement y penser, surtout en vacances.

Puis tout le monde s'était mis à aller chez Ikea parce que c'était moins cher et que les Suédois sont réputés pour le design, et que c'était ouvert le dimanche, c'était un but de promenade, Ikea faisait des placards, et tout le monde voulait des placards, on ne peut pas se passer de placard alors qu'on peut très bien se passer de certains meubles,

le dimanche, on se promenait dans le magasin Ikea, on voyait des salons, des cuisines installées, on trouvait toujours quelque chose à s'acheter, une étagère ou un mug, on avait une idée de ce que serait une « vie meilleure », dans un espace mieux décoré, et finalement tout le monde se décidait pour le noir et blanc, tout le monde mettait du blanc, des murs blancs et des meubles blancs sur des sols noirs,

ça donnait de la lumière, c'était plus gai ; on était sûrs de ne pas faire d'erreurs avec le noir et blanc, ça se complète bien, comme, l'hiver, la neige et les arbres, c'est rigoureux, c'est le plus beau contraste, blanc et noir, on ne risque pas de s'en « fatiguer ».

— Ne regardez pas mon sous-sol, dit Muriel. Il y règne un bazar épouvantable. Les enfants ne rangent rien, il ne faut pas compter sur eux. Ils sont partis. Claire est en Grèce, et Guillaume en Espagne. (Elle dit avec la fierté des mères :) j'aurais aimé vous faire connaître mon autre fils, l'aîné. Il a beaucoup de maturité, il a toujours été brillant. Il vient d'être recruté dans un cabinet de conseil.

Florence s'assombrit.

Sa fille, Margaux, ne faisait pas preuve de beaucoup de maturité. Sa fille, Margaux, passait son temps avec un type qui bricolait on ne sait quoi, comme disait Bertrand, un « artiste », un futur scénariste – il hésitait entre le scénario et une ONG ; un type qui ne voulait pas « s'installer » dans la vie, médiocrement, comme avait fait la génération des parents, qui ne voulait surtout pas se « faire exploiter », qui voulait rester ouvert, disponible – ses bras étaient couverts de tatouages du poignet aux épaules. Un futur raté, disait Bertrand. Que veux-tu que Margaux fasse avec ce type recouvert de tatouages ?

Ç'avait été un autre de leurs sujets de disputes, pendant leur séjour italien, l'« ami de Margaux ». On pouvait dire que l'« ami de Margaux », un certain Romain, leur avait gâché les vacances. Pourtant Florence le défendait vis-à-vis de l'extérieur, elle défendait sa fille.

— Il a des idées très originales, disait-elle à Bertrand chaque fois qu'il remettait la question de Romain sur le tapis, pendant le dîner. J'ai parlé plusieurs fois avec lui, je t'assure, moi, j'ai pris le temps de lui parler, c'est un garçon intelligent. Tu ne prends le temps de parler à personne, ajoutait-elle avec reproche.

Pour le dîner, au Lodge, ils réservaient une table sur la « terrasse panoramique »,

la table 8 en bordure de terrasse, bien placée, ils voyaient la mer et les citronniers.

De temps en temps, elle regardait la mer sur laquelle remuait le reflet de la lune, elle disait :

— Moi, je trouve ce garçon sympathique, il paraît qu'ils souffrent beaucoup pour ces tatouages, ce n'est pas indolore ; lui, au moins, n'a pas peur de souffrir.

(Bertrand était douillet.)

— Il reprendra ses études plus tard ; il a le temps, il est jeune, il réfléchit à son avenir. Il fait une pause.

— Une pause dans quoi ? demandait Bertrand. Il n'a rien commencé.

— Il ne veut pas « s'installer », disait-elle. Je crois qu'il a raison. Nous nous sommes installés trop tôt. Nous avons tout figé trop tôt. Quand on commence trop tôt, les choses vont plus vite. Nous avons fermé les portes. J'étais beaucoup trop jeune quand je t'ai épousé. Romain sera peut-être le cinéaste de demain. Margaux aura peut-être une vie magnifique (elle pensait : beaucoup mieux que la mienne), une vie imprévisible. Elle voyagera, elle rencontrera des célébrités. Et puis, pour les tatouages, on ne les voit pas quand il porte une chemise. Tu y penses parce que tu le sais. Tu fais une fixation. Pour les autres, c'est invisible.

Bertrand levait les yeux au ciel, puis les baissait, puis

mâchonnait du pain entre les plats en surveillant son téléphone mobile. Il le posait à droite de son assiette, avait toujours un œil dessus, elle savait qu'il attendait un appel, qui le sauverait du tête-à-tête, un dérivatif.

Elle disait :

— Pourquoi manges-tu tant de pain ? Il y a des pâtes. Tu n'as pas besoin de pain avec tes pâtes.

Elle se tournait ostensiblement vers la mer.

Les cyprès et les citronniers montaient dans le ciel noir au-dessus de la mer chaude, un cratère de lave noire. La piscine turquoise éclairée avait l'air d'un gros cube en Plexiglas, bizarre lagon dans les ténèbres, c'était une nuit magnifique, il n'y avait qu'à se laisser faire, ne pas penser, respirer l'air doux, être comme les citrons qui pendaient simplement sous les feuilles, de petites gourdes pâles,

l'arrosage automatique mouillait faiblement les pelouses, elle avait bronzé, pour dîner elle avait mis une robe élégante, elle s'était même acheté un maillot de bain à la boutique, mais elle n'était pas un citron. Elle avait quelque chose de creux à l'intérieur. Elle ne pouvait pas se laisser pendre dans la douceur de la nuit, se laisser pendre sans penser.

— Je ne comprends pas que tu acceptes que ce type vienne coucher à la maison, disait Bertrand. Je n'aime pas le croiser dans ma salle de bains ; l'autre jour, il a pris mon rasoir. Je ne veux rien partager avec ce type. Qui l'a autorisé à prendre mon rasoir ? Mal élevé, marmonnait Bertrand. À peine bonjour.

— Il avait oublié le sien. Ils sont amoureux, disait-elle, il « aime » ta fille (et elle regardait la mer noire et les pins), tu fais des montagnes de tout, elle disait : il y a tant de jeunes qui n'ont pas d'idéal, pas de sentiments élevés, tant de jeunes qui vivent – elle disait « comme des zombis » bien qu'elle ne sût pas exactement ce qu'étaient des zombis,

– tant de mots qu'on utilise, comme ça, sans savoir –,

elle disait : voudrais-tu que ta fille reste seule ? C'est si triste pour une jeune de son âge, pour une femme (pensait-elle) en regardant le clair de lune (car c'était bien ce qu'on appelle « le clair de lune », la surface de l'eau miroitait ; les bateaux de la *marittima del golfo* étaient au port, la mer clapotait doucement contre la coque), elle pensait aux anciens élèves ingénieurs auxquels elle écrivait,

Jean-Pierre, Antoine,

mais elle avait fermé les portes.

Elle disait : tu ne comprends rien aux jeunes d'aujourd'hui, tu es en train de devenir un « vieux croûton réactionnaire »,

et en même temps, dans les couches plus profondes de sa pensée, elle devait bien le reconnaître, ce ratage, elle se disait : j'ai du chagrin,

en même temps – car une femme peut penser à plusieurs choses *en même temps*, surtout dans les conversations avec son mari –, elle pensait à son nouveau maillot de bain, un achat dont elle était contente ; il la flattait, la coupe, la couleur, elle s'y raccrochait, il y a encore de vraies joies, des joies pures, des joies qui ne sont pas infectées par le temps, son maillot de bain neuf en faisait partie, elle avait envie de demander : Comment as-tu trouvé mon nouveau maillot de bain ? (pleine d'espoir) ; elle avait envie de dire : Tu n'as rien dit de mon nouveau maillot de bain, tu n'as pas remarqué que j'avais quelque chose de différent ?

elle pensait : j'ai toujours été trop sensible, le docteur Dubois le disait,

elle disait, en faisant tourner sa fourchette dans un petit tumulus huileux de spaghettis *vongole* : La jeunesse, c'est une chose que tu ne comprends plus parce que tu es en train de devenir un vieux croûton réactionnaire. Et comme elle était triste et énervée, elle disait – comme sa mère à son père autrefois – « mon pauvre ami ».

Mais Bertrand haussait les épaules,

ses remarques glissaient sur Bertrand « comme l'eau sur les plumes d'un canard », comme les remarques de sa mère à son père, autrefois,

sa mère faisait la vaisselle avec des gants de ménage en plastique pour ne pas s'abîmer les mains,

sa mère chantait « La vie conjugale » en rangeant la vaisselle sur l'égouttoir, *les histoires sages finissent souvent par un beau mariage et beaucoup d'enfants pour nous l'aventure commence aujourd'hui*,

sa mère rangeait les fourchettes, les dents en haut, comme des piques sur l'égouttoir,

elle se souvenait : « La vie conjugale », une chanson de Guy Béart, les couverts dressés comme des piques sur l'égouttoir, les gants de ménage en plastique rose,

mais quelle aventure commençait ?

Maintenant, sa mère était âgée, elle se voûtait, entendait mal, elle oubliait d'éteindre la lumière ou les plaques électriques,

elle aurait voulu dire à Bertrand : l'autre jour, maman avait oublié d'éteindre les plaques électriques, les plaques électriques ont chauffé toute la nuit. Maman qui faisait toujours tellement attention à tout, *avant* !

elle avait envie de dire à Bertrand : Est-ce que tu crois que c'est un signe ?

Mais soudain, le portable de Bertrand couinait, le regard de Bertrand s'éclairait ; Bertrand disait :

— C'est Latouche ; il faut que je réponde tout de suite, tu permets, c'est *extrêmement important.*

Il se levait, sortait de table, marchait de long en large sur la terrasse, entre les citronniers, elle le voyait marcher entre les citronniers, descendre les marches qui menaient à la piscine. Elle le voyait tourner autour de la piscine. Il remuait les mains comme toujours quand il parlait à Latouche, le « chef de cabinet ».

Latouche le sauvait, mais elle, personne ne la sauvait puisque personne ne l'appelait. Margaux, pensait-elle, pourrait tout de même me passer un coup de fil, de temps en temps.

*

— Je vais prendre une glace, disait Bertrand en se rasseyant, l'air satisfait, après avoir raflé d'un air sournois le dernier quignon de la corbeille, *c'était Latouche* ; il y a un problème sur le contrat. Il voulait me consulter.

Il la regardait,

il attendait qu'elle prenne un air d'admirative et humble solidarité, il attendait qu'elle l'interroge sur ce problème. Il attendait qu'elle dise : Quel problème ? Un grave problème ? Il dirait oui. Il le lui expliquerait, bien que ce soit compliqué d'expliquer ces enjeux à une femme.

Latouche était le chef de cabinet du ministre. Bertrand aimait faire croire qu'il avait sur le dos les problèmes de la France, via Latouche. Bertrand aurait aimé qu'elle s'intéresse à ses problèmes, mais elle ne disait rien ; elle ne lui donnait pas la satisfaction de s'y intéresser ; la France pouvait courir à sa perte. Le ministère pouvait courir à sa perte.

Elle était tournée vers la mer. Idéaliste, elle se tournait vers la beauté ; Comme tu me plairais, pensait-elle, ô nuit, sans ces étoiles !

— J'ai très envie, disait alors Bertrand, d'un de ces délicieux sorbets que j'ai goûtés à la cafétéria du monastère.

— Tu ferais mieux d'éviter, disait-elle, c'est plein de sucre.

— Tu ne vas quand même pas m'empêcher de prendre une glace, disait Bertrand. Tu ne vas pas commencer à me persécuter comme ta mère persécute ton père, comme ta mère a persécuté ton père toute sa vie.

Toute sa vie, soupirait Bertrand, le pauvre vieux, à entendre les réflexions de ta mère, et ta mère chantant « La vie conjugale », quelle vie a eue ton père ! Je ne sais pas si tu t'en aperçois, mais tu ressembles de plus en plus à ta mère, il faut quand même que quelqu'un te le dise, que tu ressembles de plus en plus à ta mère ; ton caractère ne s'arrange pas du tout. C'est quand même vrai, disait Bertrand, les femmes, quand elles vieillissent, ressemblent à de vieux cockers. Tu deviens hargneuse, disait Bertrand. Jamais contente, qu'est-ce que tu veux ? Ce n'est pas bien ici ? Qu'est-ce qu'il te faut ? Tu as vu la tête que tu fais ? L'hôtel est magnifique. Quatre étoiles. Tu as vu le prix des chambres ? Des nuits, disait Bertrand. Un panorama ! Qui est-ce qui a voulu venir ici ? Dans ce golfe ? Je te rappelle que c'est toi. L'autre jour, tu nous as fait marcher pendant des kilomètres sur le port pour chercher cette boutique de gadgets ! Des souvenirs minables !

Elle renonçait, les larmes lui montaient aux yeux.

Elle disait : Fais ce que tu veux. Elle ne pouvait pas s'empêcher d'ajouter d'une petite voix pincée : « mon pauvre ami ». Elle regardait ses ongles, elle regardait la côte au loin avec les cordons de lumières des fronts de mer et des corsos ; les petites lumières devenaient troubles. Elle se désintéressait. Elle avait rencontré Latouche à un cocktail, elle avait échangé quelques mots avec lui. Latouche avait certainement pensé : Bertrand a une femme délicieuse. Bertrand sait-il qu'il a une femme délicieuse ? Une femme qu'il ne mérite pas ?

Personne, pensait-elle, ne me mérite.

Et la mer noire remuait en bas, le serveur apportait le sorbet, une petite motte blanche, une motte de neige, le serveur s'inclinait, « *Tutto bene ?* » demandait le serveur ; elle se retenait de pleurer pour lui sourire. Sur la piste de danse, le crooner local entamait *Let it be* (ils avaient pris le séjour tout compris : pension complète et dîner musical, « dîner à thème » ; Bertrand avait eu un forfait),

le couple d'Allemands de la table 7 se levait, Bertrand répondait « *gratzié* », avec son accent épouvantable, puis il disait : tu ne veux vraiment pas goûter ? Tu as bien tort, je n'arrive pas à comprendre ce qu'ils mettent dans leurs sorbets au citron, c'est peut-être une émulsion, ou alors ils mettent de la crème, c'est possible qu'ils mettent de la crème, c'est, comment dirais-je, suave, c'est possible que ce ne soit pas tout à fait un sorbet, qu'en penses-tu ? Je vais demander au serveur,

les Allemands de la table 7 dansaient.

— *Comè…* ? demandait Bertrand au serveur – il s'arrêtait car il ne savait pas conjuguer le verbe. *Fare gelati ?* demandait Bertrand en remuant les mains,

il se tournait vers elle : Tu sais, toi, comment on dit « crème », en italien ? « *crema* » certainement, je suis bête, je suis sûr qu'ils mettent de la crème là-dedans, ce n'est pas possible autrement, c'est beaucoup plus onctueux qu'un sorbet.

— *Crema* ? demandait Bertrand en désignant la petite motte de neige,

— *No crema*, protestait le serveur, *no*, *sir*, *secret*, disait le serveur, car, comme ils étaient étrangers, il leur parlait anglais : « *Italian secret.* »

Et la nuit d'été avançait, une nuit italienne, une nuit mozartienne, *Let it be* se terminait, la mer faisait de petits mouvements paresseux, sans amplitude, couvrait puis découvrait le ponton de bois du Lodge, lançait des éclaboussures de mousse fraîche – des centaines de poulpes et de calamars remuaient là-dessous, encore vivants – au menu, ils servaient du calamar grillé garanti pêché sur place, mais le sentiment de la vie doit être faible chez un poulpe –,

la masse compacte de l'île semblait mate sur la mer,

elle entrevoyait le mur, les barres des échafaudages sur la façade du monastère en cours de restauration, des structures en métal que le clair de lune éclairait,

elle pensait tout à coup à Dieu. Il voit tout. Pas un de nos cheveux ne lui échappe (mais comment est-ce possible ?)

elle pensait : Lui me comprend.

Une seconde, puis une seconde passait, l'eau turquoise glissait à la surface de la piscine à débordement ; elle était éclairée par des lampes enchâssées dans les rebords de céramique, le couple allemand se rasseyait à la table 7, d'autres dîneurs se levaient, libéraient leur table; les serveurs commençaient à plier les nappes, installaient les tasses du petit déjeuner.

— *The last one*, disait le crooner local. *The last one for today*, et il entamait *I can't help falling in love with you*, elle avait toujours aimé *I can't help falling in love with you*,

elle avait toujours eu des goûts minables, c'était terrible, elle aimait la voix du King, ce gros type tendre et vulgaire, elle allumait une cigarette,

elle disait:

— Tu devrais limiter ta consommation de glaces. Tu en as mangé trois aujourd'hui. J'ai compté. Tu en es à ta troisième glace de la journée. Le sucre épaissit le sang; après, ça fait des engorgements dans les artères.

Elle disait:

— J'ai lu des articles. Tu finiras par faire un AVC.

— Tu seras veuve, disait Bertrand. Tu seras tranquille.

2

Les ombres faiblirent comme si on avait tourné le bouton d'un variateur. L'ombre du château d'eau, qui faisait deux ou trois fois la longueur du château d'eau réel, qui avait recouvert les trois quarts du pré, faiblit encore.

Il fut indécidable s'il y avait encore sur le pré la trace de quelque chose.

Florence suivit une ombre des yeux jusqu'au point où cette ombre remontait sur le mur de la maison. Elle se dit : qu'est-ce que c'est ? Puis elle reconnut l'ombre : c'était le noyer. Puis elle vit une autre ombre, très faible, dont la tête remuait de gauche à droite, elle eut une intuition ; elle leva le bras, et le bras bougea sur le mur, c'est moi, se dit-elle.

Elle pensa : J'étoufferais si je devais avoir la vie de Muriel. Cette maison. Cette tranquillité ; pourquoi est-elle venue s'enterrer ici, avec « Jean-Louis ». Un bel homme, il faut reconnaître, une allure le jour du mariage ! Une usine de quoi ? De matière plastique ? Du moulage de sièges de plastique pour de grosses marques de voitures ; je n'aurais jamais épousé un homme qui moule des sièges de plastique pour de grosses marques de voitures ! Même Jean-Louis.

Son téléphone sonna.

Elle le chercha frénétiquement dans son sac, l'ouvrit, Oui, dit-elle, oui, je suis bien arrivée. C'est Bertrand, souffla-t-elle aux deux autres ; il vient de sortir de réunion, Oui, mon chéri, le train était à l'heure. Nous sommes à prendre l'apéritif sous un grand chêne, pardon, un grand noyer, il est couvert de noix. Non. Elles ne sont pas encore sèches. Oui, le voyage s'est bien passé. Maintenant, il fait meilleur, mais le ciel est très noir et ça tonne par moments ; il y a beaucoup d'humidité ; je crois qu'ils ont raison, l'orage va venir ; l'herbe sent fort. Je suis à côté d'Anne. Tu te souviens d'Anne ? nous nous sommes retrouvées dans le train. Nous parlons de tas de choses, tu devines. Et toi, dit-elle, avec une sorte de nostalgie dans la voix, il ne fait pas trop chaud là-bas ? N'oublie pas de me rappeler.

Un autre téléphone sonna, celui d'Anne. À son tour, Anne chuchota, parla de la chaleur, de l'agrément de la campagne, raccrocha, s'excusa, murmura prudemment :

— Excusez-moi, c'est mon ami.

— Tiens, dit Florence, tu as retrouvé quelqu'un ? Je n'étais pas au courant.

Anne marmonna : c'est récent, un début. Puis changea de sujet :

— Muriel, ta chienne a chaud, tous ces poils, ce doit être aussi chaud qu'une couverture. Quand j'étais au foyer – vous vous souvenez du foyer ? – dans ma rue, il y avait un chenil avec des chiots de la même race. Ils jouaient dans de la paille, je regardais la vitrine tous les soirs en passant. C'est drôle, les petits chiens ! Certains ont l'air d'avoir trop de peau pour leurs squelettes, le museau est tout mou et froncé. Il y avait aussi un atelier de couture où un Turc travaillait tous les jours, même le dimanche, il piquait à la machine,

le foyer le dimanche, dit Anne, ça, c'est une chose que je n'ai jamais oubliée. Le Turc qui piquait à la machine. Je ne sais pas à quelle heure il s'arrêtait. Je ne sais même pas s'il prenait des vacances.

— Pauvre Babou, souffla Muriel, je vais lui donner de l'eau. L'été n'est pas très bon pour elle. Elle approche de quinze ans, elle s'essouffle. D'après le vétérinaire, elle aurait quelque chose au cœur.

Babouchka leva le museau ; elle haletait ; avec sa langue toute molle étalée sur ses crocs, elle avait l'air de rire. Son poil avait jauni mais il ressortirait bientôt dans l'obscurité comme une tache neigeuse, un petit monticule de neige ; dans l'obscurité, sa blancheur de jeunesse renaîtrait,

elle était très gourmande et s'était beaucoup alourdie,

elle avait été trop gâtée ;

elle était arrivée dans la famille quand Hugo était tout petit ; elle avait connu la tapisserie à motifs marron sur fond beige, puis la paille japonaise, puis la peinture blanche, quand on avait installé une cuisine américaine pour « agrandir l'espace de vie ». Elle avait joué sur la moquette, puis sur le parquet, quand on avait arraché la moquette à cause des acariens.

Il n'y avait eu que deux épisodes marquants dans sa vie : la semaine de son arrivée, elle avait mangé une grosse balle en caoutchouc ; ils avaient tous été inquiets parce que personne ne savait où pouvait se loger une si grosse balle dans un si petit chien ; or, la balle avait totalement disparu, et le chiot continuait à réclamer sa pâtée et à mener une vie normale. Ils prenaient le chiot, le retournaient, lui tâtaient le ventre, c'était au point qu'ils s'étaient demandé si la balle n'était pas sous le tapis, ou dans un trou de la pelouse, où finissaient un nombre considérable de « cochonnets » ; ils avaient appelé le vétérinaire, ils avaient cru qu'il allait falloir l'opérer, qu'elle allait faire une occlusion intestinale, mais finalement, rien ne s'était passé, les sucs gastriques avaient dissous le caoutchouc.

Un autre jour, c'était au temps de la tapisserie, alors que Babou grandissait, que son poil dru avait pris cette belle couleur de neige, qu'elle galopait d'un bout à l'autre du jardin en déchirant les serpillières, qu'elle avait développé à leur contact un comportement presque humain (elle regardait la télévision avec eux et semblait suivre les séries), elle avait mordu le correspondant allemand de Hugo. La famille avait eu une véritable interrogation ; Babou était apparue comme un problème, une sorte de Dr Jekyll and Mr Hyde, ce qu'on appellerait aujourd'hui une personnalité bipolaire.

Ils la regardaient avec sévérité, et quand elle apportait la serpillière, ils refusaient de la prendre pour la punir.

Il faut que cette chienne comprenne, disaient-ils, fermes, pleins d'excellents principes éducatifs, on a manqué de fermeté avec cette chienne. Ils s'accusaient mutuellement d'avoir été laxistes, ils s'accusaient de lui abîmer les yeux avec du sucre, de lui envelopper le cœur de graisse, de ne pas lui donner une éducation de chien, une vie de chien, d'être faibles,

ils lui donnaient quand même du sucre,

c'étaient ses yeux ; elle avait toujours l'air affamé et triste.

Il avait fallu consoler le correspondant, fournir les certificats de vaccination contre la rage et expliquer ce qui s'était passé à l'organisme d'échange. Mais justement, personne ne savait ce qui s'était passé. Quelquefois, ils demandaient au chien : Enfin, Babou, qu'est-ce qui t'a pris ? Est-ce que Johann t'avait donné un coup de pied ? Qu'est-ce que Johann t'avait fait ? Mais Johann n'avait donné aucun coup de pied, c'était un petit garçon blond, timide et maigre, il avait peur des chiens et il pleurait, il voulait retourner en Allemagne,

Babou, toujours impénétrable, secouait sa serpillière et ses oreilles, et les regardait avec ses yeux tristes.

Est-ce qu'elle avait perçu sur lui l'odeur d'un autre chien ? Est-ce qu'elle était jalouse ? Est-ce qu'elle souffrait ?

*

Les ombres sur le mur disparurent ; le mur devint d'un blanc provisoire, uni, mat et triste. Babouchka ouvrait toujours la gueule et tirait la langue, elle avait l'air de rire, en fait elle respirait. Les tétines de son ventre montaient et descendaient. Elles étaient de couleur rose, comme celles des porcelets. De grosses boules roses et marron, un peu dégoûtantes. Des tétines. Des verrues. Des grosseurs. Le cœur devait se trouver là-dessous, quelque part, sous les verrues et les tétines, elles ne savaient pas plus où était le cœur de Babou qu'où était le Nigeria sur une carte.

Avec le temps, pensa Anne, tout ça devient vaguement dégoûtant, il faut avoir « le cœur bien accroché », « le cœur bien accroché pour vivre », et l'expression lui parut juste.

— Tu sais, Muriel, je me souviens très bien de ton mariage, dit Florence en s'étirant. Vous aviez mis de petites lumières à toutes les fenêtres de la salle. C'était joli ! Je me souviens de toi et de Jean-Louis le jour de votre mariage. Vous étiez magnifiques. Le soir, la pluie s'est mise à tomber, une pluie fine, une petite pluie délicieuse, je suis sortie ; il y avait de gros réverbères ronds dans le parc et ces arbres aux feuilles sombres comme des meubles cirés, des magnolias, des tulipiers ; j'avais dansé avec un de tes cousins, un commercial, quand je suis partie, des gens sortaient en même temps que moi, la femme ouvrait son parapluie, elle avait une robe rouge, je reverrai toujours cette grosse femme en rouge qui m'a demandé : Vous êtes de quel côté ? Une amie du marié ou de la mariée ? Elle avait l'air d'y mettre une différence considérable. On aurait dit qu'elle se méfiait, comme si j'étais une pique-assiette, ou je ne sais quoi, « vous êtes de quel côté ? ».

— Ça devait être tante Hélène, dit Muriel, ça lui ressemble.

— Il y avait toute la bande, tu nous avais tous invités, sauf Pierre, naturellement ; sinon, Irène aurait refusé. Et Anne, continua Florence, tu es venue avec Éric. Tu étais avec lui au mariage. Il avait un nœud papillon, une première. C'est la dernière fois que j'ai vu Éric, la première en costume. On ne verra pas Jean-Louis, ce soir ?

— Non, dit Muriel. Pas ce soir. Il est en déplacement. Il regrette.

Elle regarda le champ et se mordit la lèvre.

Jean-Louis était parti. Ce n'était pas la première fois. Il l'avait quittée plusieurs fois pour d'autres, elle ne le disait pas ; personne ne l'avait su. Au début, il revenait, et les choses se tassaient. Elle faisait le dos rond.

Elle rusait, ne montrait rien. Elle s'en sortait avec les déplacements, les réunions. Elle n'en avait parlé qu'à sa mère, et aucun risque que sa mère n'ébruite ce genre d'informations. C'était la vieille génération. Ne rien dire. Éviter que ce soit su dans la famille, chez les voisins.

Je n'en ai pas dormi de la nuit, disait sa mère. Mais qu'est-ce que tu vas faire ? Et elle en rajoutait : Si ta tante Hélène le savait, elle en serait malade. D'ailleurs, Muriel était à peu près sûre que sa mère en avait parlé à Hélène sous le sceau du secret et qu'elles avaient à ce sujet, derrière son dos, de longues conversations au téléphone.

Comment réagissent les enfants ? demandait sa mère. Dans un divorce, ce sont eux qui paient « les pots cassés ». Et Hugo, demandait sa mère, ce pauvre petit ?

Après, sa mère était passée à des propos plus offensifs : « Il t'abandonne comme son père a fait. Comme son père a abandonné ta belle-mère. Il reproduit le modèle »,

sa mère avait donné le sentiment de tenir quelque chose d'intéressant, une donnée objective. Sa mère était pleine d'évidences, de données objectives : les filles de mères neurasthéniques sont neurasthéniques, les fils de pères volages sont volages, les enfants battus deviennent des parents qui battent leurs enfants. C'était la chaîne de la vie.

Si tu divorces, avait fait observer sa mère, tu ne pourras pas te remarier à l'église. Enfin, je te parle d'autrefois ; je ne sais plus trop où ils en sont avec *les divorcés* ; ça s'est bien assoupli, dans l'Église, question morale.

Quand on pense à ce qu'ils nous ont fait avaler !

Quand on pense au nombre de fois où j'ai reçu Jean-Louis !

Et sa mère accablée, méditative, avait eu l'air de calculer le prix de tous les repas qu'elle avait faits, de toutes les fêtes de famille, présenter l'addition, le montant : Je ne faisais « aucune différence », je le traitais comme mon propre fils. Pourtant, il y aurait eu des choses à redire, insinuait sa mère, je me permets maintenant de te les signaler : Jean-Louis est porté sur le vin. Il termine systématiquement les bouteilles, as-tu remarqué ?

Et sa mère reniflait : « le *beau* Jean-Louis ! », le père aussi buvait. Je l'avais vu le jour de vos fiançailles. J'en avais fait l'observation à François : le père buvait beaucoup pour un médecin. J'espère au moins que tu garderas la maison ! Vous venez de refaire entièrement la cuisine, vous avez engagé des frais. Une cuisine neuve ! Si tu vends, ceux qui rachèteront la maison feront une excellente affaire ; la première chose qu'il faut refaire quand on achète une maison, en général, c'est la cuisine, disait sa mère. Les cuisines, dans les maisons, sont ce qu'il y a de plus dégradé.

Et sa mère avait raison sur ce point : on ne refait pas *entièrement* une cuisine quand on a le projet de s'en aller.

Ça ne tenait pas. Ce n'était pas logique. Sa mère lui avait donné l'argument auquel elle s'accrochait pour résister.

Elle ne demandait pas le divorce « à cause de la cuisine ».

Jean-Louis avait une petite entreprise ; elle se disait : des occasions. Des femmes plus jeunes. C'était inévitable. Une évidence. Une donnée objective, la seule, d'ailleurs, à laquelle sa mère n'avait pas pensé : les hommes préfèrent les femmes plus jeunes. Que peut-on contre les données objectives ?

Elle fermait les yeux ; elle faisait partie des femmes qui « ferment les yeux ». Une femme qui « ferme les yeux » : voilà ce que la vie avait fait d'elle, alors qu'autrefois. Est-ce qu'elle aussi, elle n'avait pas rêvé ?

Elle n'avait pas posé de question quand elle avait lu le message sur la messagerie « t'attendrai demain », un prénom qui revenait souvent sur la messagerie, Céline.

Après, elle avait lu tous les messages qui correspondaient à Céline ; elle avait tapé le prénom, les messages s'étaient affichés, et naturellement, à la date correspondante, elle avait vérifié, Jean-Louis avait dit : « J'ai une réunion qui se terminera tard. Je dormirai sur place. Ne t'occupe pas de moi. Nous aurons un plateau-repas dans la salle de réunion. »

Chaque fois qu'un message de Céline arrivait, il disait : « J'ai une réunion qui se terminera tard », il parlait du plateau-repas,

ils étaient là tous en famille, à la table de la nouvelle cuisine américaine,

ils venaient de refaire entièrement la cuisine,

ils venaient « d'engager des frais »,

il disait : « j'ai une réunion qui se terminera tard », il parlait de ce fameux plateau-repas, tout est prévu, c'est bien organisé, et il se resservait du vin, c'était vrai, il était un peu porté sur la bouteille, comme sa mère l'avait remarqué, « le beau Jean-Louis ».

Elle se levait de table,

elle jetait les restes du poisson dans la poubelle, les arêtes, les yeux bouillis, elle disait à Hugo : fais attention à Babou pour les arêtes ; je n'ai pas envie de l'emmener chez le vétérinaire,

elle débarrassait, elle secouait les miettes,

elle mettait les plats dans la machine,

elle mettait la machine en marche, programme économique,

elle avait peur ; elle avait tout le temps peur ; la peur se confondait avec le sentiment de vivre. Elle marchait sur du vide. Elle ne divorcerait jamais. Elle n'arrivait pas à dormir. Le soir, dans le bureau, elle corrigeait n'importe comment ses copies : elle écrivait *expression négligée, d'énormes fautes d'orthographe*, elle mettait des points d'exclamation au stylo rouge. Elle « tiendrait » comme les gens qui sont « mis au placard » dans les entreprises, personne ne leur téléphone, personne ne leur donne rien à faire, personne ne leur parle.

Elle tiendrait comme les gens dans les maisons de retraite, tout le monde attend de les voir mourir, ce serait « une délivrance ».

Ça n'aurait servi à rien qu'elle s'achète un nouveau maillot de bain, comme Florence, ou des crèmes. Elle le savait. Elle savait bien que les femmes se demandaient : qu'est-ce qu'il fait avec elle ? Elle était entrée dans des parfumeries et dans des boutiques ; les vendeuses l'ignoraient parce que son sac n'était pas à la mode ; ou parce qu'il y avait en elle quelque chose qui ne correspondait pas aux critères de ces magasins, quelque chose qui ne correspondait aux critères d'aucun magasin, en tout cas, il y avait des signes sur elle, des signes que les vendeuses lisaient très bien, le découragement, l'absence de volonté nette, l'absence d'un vrai pouvoir économique, d'un vrai pouvoir d'achat, les affaires de

Jean-Louis battaient de l'aile, les grosses marques de voitures avaient moins besoin de sièges moulés en plastique, ou ils les faisaient faire ailleurs, dans des pays où la main-d'œuvre était moins chère, les relations avec la maison mère se tendaient – et cela, on aurait dit que les vendeuses, certaines vendeuses, le sentaient tout de suite tant elles lui répondaient de manière distraite en étudiant la forme de leurs ongles, lui désignaient les linéaires avec les pots, attendant qu'elle s'en sorte,

contour des yeux, prévention des taches, souplesse de la peau, crème anti-radicalaire, prévention anti-âge et souplesse, innovation brevetée,

ça dépend de ce que vous voulez, du résultat que vous voulez, personne ne peut le savoir à votre place, traiter les rides ? affiner l'ovale du visage ? apporter de l'hydratation ? de la lumière ? resserrer le grain de la peau ? la nourrir ?

Et les vendeuses lui désignaient les linéaires, l'air de dire il y a du travail, mais tout dépend de ce que vous voulez, tout dépend aussi de la somme que vous voulez mettre évidemment, si vous voulez un résultat, vous ne pouvez pas vous en sortir sans un sérum et deux crèmes, une crème de jour une crème de nuit, ce ne sont pas du tout les mêmes actifs, ça se cumule, expliquaient les vendeuses en alignant les pots sur le comptoir,

un « processus cumulatif », continuaient les vendeuses sur un ton de chefs de produit : les molécules, disaient doctement les vendeuses, se déposent peu à peu, celles de jour, celles de nuit, au fur et à mesure où la peau elle-même se dégrade, la crème compense suivant le « processus cumulatif »,

(vous me suivez ?),

les molécules de crème *remplacent* les molécules perdues. La peau s'hydrate, se raffermit ; vous paraissez plus jeune, dix ans de moins, naturellement, les résultats ne se voient pas tout de suite.

Mais franchement, disaient les vendeuses, je vous déconseille les crèmes sans sérum, ça ne sert à rien, c'est « comme l'eau sur les plumes d'un canard »,

vous jetteriez votre argent par les fenêtres,

je suis sincère, moi vous savez, ce n'est pas pour vendre, moi, vendre ! disaient les vendeuses,

et elles se détournaient et continuaient à étudier leurs ongles rouges,

puis reprises par les impératifs professionnels, ou un reste d'humanité :

vous pouvez payer en carte, bien sûr, avez-vous la « carte fidélité » ?

vous pouvez aussi commencer par l'hydratation et après, seulement, traiter l'ovale du visage, l'important c'est de bien définir votre problème,

quel est votre problème ?

Au début, elle achetait. Elle essayait. Elle mettait crème et sérum. Pleine d'espoir, elle attendait la transformation radicale. Elle tenait à sa maison, elle tenait à sa vie, sa vie telle qu'elle était, telle qu'elle était arrivée jusque-là, vaille que vaille, c'est déjà tellement difficile. Elle tenait à Jean-Louis. Ce mariage avec ces petites lumières, ces flammes, il avait existé.

Je ne veux pas devenir comme elles, pensait Muriel, les divorcées, toutes ces femmes qui se « reconstruisent », qui

« assument » leur solitude, qui font du yoga pour supporter, pour mieux apprendre à respirer, qui se mettent dans la position du lotus.

Tout mais pas ça. Avec ces types qui reviennent d'Inde, ces coaches, ces naturopathes, ces psychologues souriants et doux et aux yeux froids, mais non conventionnés car les médecins conventionnés ne soignent pas ce genre de blessures,

ils disent : il faut savoir ce que vous voulez, la guérison ? ou un médecin conventionné ?

ils disent : pensez d'abord à vous, oubliez le passé, concentrez-vous sur le présent, ne pensez plus à l'avenir,

soyez raisonnable,

ne mangez plus de viande ni de gluten, vous vous empoisonnez ; c'est à vous que vous faites du mal,

ils disent : le problème est en vous, c'est vous qui êtes responsable, tout ira mieux quand vous le comprendrez.

Évidemment, Florence monterait « sur ses grands chevaux » si elle savait, ce serait insupportable ; Florence dirait : Muriel, je ne te comprends pas, je ne te comprends pas d'accepter cette situation ; c'est inconcevable, avec les solutions qu'il y a maintenant, tu ne vas quand même pas te laisser faire. Bats-toi ! Reprends ta liberté. Je vais te donner l'adresse d'un avocat. J'ai des avocats parmi mes amis. Au ministère, Bertrand travaille en relation avec un cabinet ; ils sont très compétents, très efficaces, spécialisés. Dans un divorce, l'important, c'est l'avocat,

elle chercherait dans son carnet, *maître, maître...*

Tu ne lui fais pas de cadeaux. Tu ne te démontes pas, tu l'attaques et tu le traînes au tribunal. Tu lui demandes de grosses indemnités.

Toujours se battre, pensait Muriel. Toujours se battre !

*

Les deux autres étaient entrées dans une phase différente de la conversation. La pénombre était installée, et elles se sentaient bien. Leur forme s'effaçait. Elles devenaient plus anonymes, plus graves. Elles parlaient de voyages, de menus problèmes de santé. Elles égrenaient des souvenirs, des confidences, même des histoires qui faisaient un peu peur. Anne racontait, semblait-il, ce qui était arrivé à une tante autrefois.

On n'a jamais su ? demandait Florence, angoissée et avide, on n'a jamais su pourquoi ? Jamais, disait Anne à mi-voix, oh la la, disait Florence. Des histoires à base de voitures arrêtées sur la route, de phares qui passaient sur des vitres, de quais de gare déserts.

— Tu comprends, avec maman, disait Anne. Elle essaie de me culpabiliser, maintenant qu'elle est seule. Elle se plaint de tout, l'autre jour…

— Tu as bien du courage ! Je n'ai pas le sens du sacrifice, disait Florence. Mais pas du tout ! Je ne suis pas altruiste. Je donne quand même de temps en temps quelque chose aux clochards, mais pas tous les clochards, ce n'est pas possible, et je ne donne pas beaucoup. C'est infini. Un puits sans fond. Si on donne à un, il faudrait donner à tous. Je ne milite pour aucune cause ; la seule pétition que j'ai signée dans ma vie était une pétition pour interdire qu'on teste le rouge à lèvres sur les yeux des lapins ; je ne savais pas qu'on testait le rouge à lèvres directement sur les yeux des lapins ; là, j'ai trouvé que c'était exagéré. Les yeux, quand même, c'est sensible ; j'ai trouvé que c'était cruel. L'industrialisation, la mondialisation, le rendement, ça va bien, mais pas à n'importe quel prix.

Et Anne hochait gravement la tête, dans l'ombre.

Florence disait :

— Tout ce que j'ai trouvé à faire en Italie, c'est de m'acheter un maillot de bain. Ils avaient de jolis maillots de bain à la boutique,

en fait d'altruisme, je me suis acheté un maillot de bain neuf, dans un but essentiellement égoïste, je le reconnais, je sais que je suis égoïste,

quelquefois, je me disais : Toi, tu es tranquillement couchée à la piscine, avec ton nouveau maillot de bain, et ces femmes qui font le chemin de croix à genoux. Elles y mettent la journée. Il paraît qu'elles viennent de toute l'Italie. Je ne pourrais pas. Des marches en pierre. Je ne sais plus combien. Je dirais des bêtises. Elles doivent avoir les genoux en sang quand elles arrivent.

— Elles l'ont choisi, dit Anne. Si tu penses à tout ça. On est toujours coupables de quelque chose. On se sent coupables de quelque chose.

— C'est vrai, convint Florence, on finit par se sentir coupables de tout, les guerres, les gens qui font la manche, qui sont malades, ceux qui dorment dans des cartons sous les portes, ceux qui vieillissent dans les maisons de retraite et qui regardent toute la journée par la fenêtre, assis dans leurs fauteuils roulants, dans les couloirs vitrés, et ces étrangères qui les accompagnent et qui ont l'air de s'ennuyer tellement,

près de chez moi, il y a une maison, je passe devant en bus, ils les mettent dans le couloir vitré face à la rue. En fait, il n'y a rien à voir, ils ne regardent rien. Un jour, mon vieux voisin m'a dit – il sortait de chez lui, je l'ai trouvé devant l'ascenseur, il est complètement sourd, donc il ne faut pas lui répondre, lui sourire, c'est tout, il parle tout seul et n'entend absolument rien,

si le feu prenait dans la cage d'escalier, il n'entendrait rien, si quelqu'un criait dans la cage d'escalier, il n'entendrait rien –

ce chat, m'a dit mon voisin (et naturellement, je ne voyais pas de quel chat il voulait parler, j'ai fait semblant de comprendre),

je garde un chat et je ne le supporte plus, voyez-vous, ma position change vis-à-vis de ce chat, de temps en temps, je l'aime bien, et de temps en temps, il m'énerve, il est trop affectueux, vous comprenez, toujours collé à moi. Aujourd'hui, m'a-t-il dit, vraiment, ce chat m'énerve. Je suis dans un jour où ce chat m'énerve. Puis, il m'a tourné le dos ; il est sorti. Je ne sais pas pourquoi je raconte ça, dit Florence, un exemple. Les gens seuls… Quelquefois, je me dis que je devrais sonner le soir chez lui, prendre de ses nouvelles, je ne le fais jamais ; je n'ai pas le courage.

*

Une heure sonna, au loin.

— Quelle heure ? demanda Muriel en se secouant. Vous avez entendu ? Je ne fais jamais attention quand ça sonne. On va dîner. Vous ne croyez pas qu'il est temps ? Je vous ai fait une tarte avec les poires de mon jardin. Et on va déboucher du champagne ; il faut fêter ça. Je vais appeler Hugo et chercher ma salade. J'ai mis de l'ananas frais dans ma salade. Je me suis contentée d'une salade ; ça vous ira ? J'étais contente, hier, ils avaient de l'ananas au supermarché. Heureusement qu'il y a le supermarché. Sinon, tout ferme, ici, la boucherie, la poste,

(elle comptait sur ses doigts, *la boucherie, la poste*).

L'épicerie a fermé le mois dernier. Bientôt, il n'y aura même plus de boulangerie. Pour faire des courses, il faut aller au supermarché à deux kilomètres. À Auchan. Mais il faut reconnaître qu'au supermarché à deux kilomètres, on trouve tout. Absolument tout. Même des plats exotiques. Des soupes chinoises, des tortillas mexicaines, des ananas frais, du guacamole. J'achète aussi des yaourts au soja, ils disent que c'est plus diététique, ils disent qu'avec le lait on s'empoisonne. Et pour Babou, je trouve les boîtes Royal Canin ! N'est-ce pas, Babou ? Tu es un chien gâté. On a beaucoup de chance, dit Muriel, l'air de ne pas y croire.

Babou haletait toujours, et dans ses yeux passaient des ondes d'amour.

— Oui, ma Babou ! reprit Muriel – ce qui énerva les autres,

cet amour indécent, cet amour étalé.

Même les plats exotiques, dit Muriel, on s'y met tous. L'autre jour, à Auchan, j'ai croisé ma voisine, celle qui habite la maison juste derrière (on ne la voit pas d'ici, il faudrait monter au premier), je l'ai trouvée devant le rayon Surgelés. Elle avait l'air intéressé par une notice. Elle m'a dit : J'ai envie d'essayer. Elle tenait deux sachets de soupes exotiques, elle a mis ses lunettes, elle a lu : asperges et ailerons de requin, elle a dit : je vais prendre celle-là, qu'est-ce que tu en penses ? Des ailerons de requin, ce n'est pas banal ; comme ça, j'aurai l'impression de voyager, pourquoi est-ce qu'on ne pourrait pas voyager nous aussi ? On vit à la campagne, mais on n'est pas des arriérés, on peut manger des ailerons de requin, nous aussi.

Quand je l'ai revue, elle m'a confié qu'elle n'avait pas aimé du tout. Elle m'a dit : Aucun goût ; je suis déçue par les Chinois. Vraiment déçue.

Elles rirent.

Muriel se leva, enfila ses tongs : On va rester dehors. Si l'orage vient, ce n'est pas pour tout de suite. Je vais chercher ma salade. Ne bougez pas. Je vais dire à Hugo de m'aider. Il traîne toute la journée ; il faut bien qu'il fasse quelque chose.

Elle s'éloigna.

Les autres virent le bleu de sa robe s'éloigner dans le mauve très sombre du soir.

Les feuilles paraissaient lourdes comme les poires ; les voitures qui passaient avaient leurs phares allumés, les phares perçaient les grandes ombres épaisses des arbres du bord de la route, éclairaient les haies en relief comme des paravents, mais les champs au-delà semblaient deux plaques d'ombre, on ne distinguait plus les bâtiments, des granges ? des hangars ? et on pouvait penser au mot « ténèbres ». Quelque chose au loin grondait, les grosses fleurs d'hortensia étaient devenues phosphorescentes ; un vague reflet de feuilles tremblait encore sur les bandeaux vernis des fenêtres ouvertes.

Hugo devait regarder la télévision car elles entendaient en sourdine une voix d'un débit régulier, celle du flash d'information. En réalité, Hugo, allongé sur le canapé du salon avait déjà regardé quatre flashes d'information presque identiques ; de quart d'heure en quart d'heure, des variantes, le déplacement de certains sujets, l'arrivée de nouveaux invités, des tables rondes, d'infimes modifications de l'ordre du journal enregistraient tout de même la lente coulée du temps. Dans la pièce noire où se tenait Hugo, l'écran ressortait, d'un bleu électrique ; la responsable de la météo, de profil comme une maîtresse d'école, montrait la carte, et à part l'orage annoncé, il n'y avait pas grand-chose ; on était au milieu du mois d'août, c'était le creux de la vague,

c'est ça, se disait Hugo, l'été, c'est le creux de la vague.

Il y avait dans cette maison si largement ouverte, dans cette maison obscure, traversée par l'air orageux, quelque chose qui défiait la parole. Des mouches s'étaient posées sur les vitres. Des araignées descendaient au bout de leur fil, dans les placards, comme au saut à l'élastique.

*

La chienne ouvrit un œil au départ de Muriel. Elle se secoua. Elle eut l'air de dire : Je t'aurais bien accompagnée puisque c'est mon rôle ; te suivre partout, te défendre si on t'attaque, ce à quoi j'ai dévoué ma vie contre ces délicieux pâtés de viande que tu m'achètes maintenant. Je les ai reconnus à la télévision l'autre jour. J'étais avec toi, dans le fauteuil, j'avais le museau sur tes genoux ; tu sais comme j'aime avoir le museau sur tes genoux. J'ai grogné. Tu m'as dit : Tais-toi, Babou. Pourquoi dis-tu toujours : Tais-toi, Babou ? C'était un doberman qui les mangeait, ça m'a énervée. C'est normal que ça m'énerve. Pourquoi ce doberman et pas moi ? J'adore quand tu ouvres la boîte. C'est le meilleur moment de ma vie, le bonheur. Je te suis dans le sous-sol, tu es là, mon poil touche tes jambes, et tu dis toujours : Arrête, Babou, tu ne peux pas attendre cinq minutes que je verse la boîte dans ta gamelle ?

Pourquoi dis-tu toujours : « Arrête, Babou » ?

Quand on va au supermarché Auchan, tu m'attaches à l'entrée avec ma laisse. On dirait que tu as honte de moi, mais quand tu t'éloignes, je souffre, c'est atroce ce que je souffre. J'aboie, je hurle à la mort, et tu cries : Tais-toi. Si tu ne bougeais pas tout le temps, la cuisine, le jardin, les courses, le téléphone, tu ne tiens pas en place. Et si tu restais simplement immobile, et moi, le museau sur tes genoux, mon museau éternellement sur tes genoux. Et, de toute façon, parut dire Babou de son œil à la conjonctive un peu rouge, je suis vieille, maintenant.

Elle posa son museau dans l'herbe et ferma les yeux de fatigue.

Muriel était déjà en haut de l'escalier. Elle disparut à l'intérieur.

— Encore un éclair, dit Anne. Ça se rapproche.

Elle leva la main. Mais quand Florence se tourna vers le champ, c'était trop tard.

Elles burent un peu d'eau, et se turent. Les deux vaches debout remuèrent ; leurs masses pâles se déplaçaient à l'autre bout du pré. Elles secouaient la queue, ne bougeaient pas sous la décharge précise et régulière de petits éclairs de chaleur silencieux comme des flashes – et, chaque fois, l'obscurité s'éclairait merveilleusement ; elles voyaient jusqu'aux fils tendus entre les pylônes, jusqu'au réseau des barbelés, jusqu'au détail des feuilles massées dans le noir, les innombrables feuilles massées dans le noir – combien de feuilles sur un arbre ? Les choses, dans l'ombre assoiffée, avaient une singulière existence. L'intensité, la brièveté de la vision pouvaient ressembler à une révélation. Le tuyau d'arrosage était toujours branché au robinet, comme un grand cardiaque.

Les deux femmes ne bougeaient pas ; les histoires qu'elles s'étaient racontées accroissaient en elles le sentiment du mystère. Elles se taisaient. Si elles avaient parlé, Anne aurait dit : « Tu ne trouves pas que Muriel a perdu… ? » – mais elle n'aurait pas su dire quoi, la confiance en elle-même ? l'espoir ? (Florence dirait plus tard : pourquoi a-t-elle épousé ce garçon, elle qui était brillante, qui réussissait tout, pourquoi est-elle venue s'enterrer dans ce trou ? Avec ce type qui fait du moulage de sièges de voitures ?)

Mais elles se taisaient.

Elles avaient peur que l'une dise : Elle a changé, tu ne trouves pas ? Parce que la remarque aurait pu s'appliquer aussi à elles, dans une certaine mesure, il était indéniable que depuis 81, elles aussi avaient changé. Elles préféraient ne pas creuser cet aspect des choses.

Florence jeta un coup d'œil à son portable, puis regarda la chienne, puis rejeta ses cheveux en arrière et dit :

— Il paraît que les chiens respirent par la langue. Ils ont sur la langue des sortes de pores.

*

À l'intérieur de la maison, il y eut des cris : Éteins cette télévision ! criait Muriel. Une voix grave répondait ; la voix montait, une voix d'homme. Mais Muriel l'emportait sur cet homme ; elles entendirent :

— Éteins cette télévision ; ça suffit !

La lumière s'alluma dans la cuisine. Il y eut un bruit de casseroles, un bruit de chaises, puis le bruit de la porte du frigidaire – une sorte de bruit de ventouse,

tchic, tchic,

on entendait très bien par les fenêtres ouvertes. Muriel devait ouvrir et refermer le frigidaire.

Une porte claqua.

Elles se sourirent. Elles plaideraient l'indulgence pour ce jeune homme, elles seraient pleines de miséricorde, deux femmes, Vierges de miséricorde ; elles dirent : tout un été à la campagne, ce n'est pas drôle. En tête à tête avec sa mère !

Florence se balançait sur sa chaise ; elle murmura :

— Qu'est-ce qu'il fait doux, ce soir ! Presque aussi chaud qu'en Italie.

Elle prit son sac dans l'herbe, chercha une cigarette, sortit son briquet ; Anne la revit, fumant à la sortie des cours, sur le balcon de La Rosetta, pieds nus sur la rambarde, elle lisait, se rongeait les ongles, fumait « des clopes ».

Anne demanda :

— Tu fumes toujours ?

— Je n'arrive pas à arrêter, concéda Florence. Mais pas plus d'un paquet. Je me raisonne.

L'odeur de fumée remplit l'air. Anne sourit :

— Tu as toujours été nerveuse. Quelquefois, tu ne trouves pas ? on a le sentiment d'avoir vécu le même moment, c'est curieux, ces télescopages. Tu sais à quoi je pense? l'orage, le soir de l'élection de Mitterrand. Quand les résultats sont tombés, on était dans la chambre d'Irène, tu te souviens? On attendait. Le ciel était plombé; l'orage grondait; on se serait cru en pleine nuit, et il n'était que sept ou huit heures. Une fille a couru dans le couloir, je crois que c'était Agnès, la blonde qui avait la chambre du bout, elle a frappé, elle a crié: C'est Mitterrand, Pierre et Éric ont commencé à se disputer, il fallait s'y attendre. Le ton montait. Tu soutenais Pierre, naturellement, et tu as allumé une cigarette, Irène a ouvert la fenêtre pour que la fumée sorte, Irène n'aimait pas que tu fumes. L'orage a commencé pile à ce moment. Il a plu des cordes. (Elle répéta:) Un jour où il a plu des cordes.

Florence fermait les yeux. Elle soufflait la fumée par les narines. Difficile de dire si elle écoutait.

La fumée montait, elles revoyaient le ciel d'orage au-dessus de Paris, le ruissellement de l'eau sur les jardins de la cité U, où était la chambre d'Irène, à la maison de l'Amérique latine, la fenêtre ouverte sur les arbres ruisselants, ce déluge sombre et terrible d'un lointain dimanche de mai, le « dimanche des élections ». Des voitures klaxonnaient en montant le boulevard Jourdan, les marronniers perdaient leurs fleurs, les gens criaient: on a gagné, comme le soir d'un match,

les élections, les soirs de matches, c'est pareil, *on a*
ga-gné,
on a
ga-gné...

— La dispute avait commencé bien avant. Je le sais parce que j'étais arrivée avant toi chez Irène, dit Florence. J'étais la première. Du moins je le croyais. Il y avait déjà Pierre et Éric, ils parlaient fort ; on les entendait du couloir. J'ai cru que c'était la politique, mais je me trompais, ils se sont tus quand je suis entrée. Pierre a dit : je reviens du tennis ; j'ai fini ma partie juste à temps. C'est moi qui ai gagné. C'était bien Pierre, il a donné le score. Je le revois, debout avec sa raquette ; il a dit : ça va mal tourner. Le ciel était noir, ça tonnait, personne ne disait rien ; alors, il a fait un effort ; il m'a demandé : est-ce que les résultats sont sortis ? Est-ce qu'on sait ? Irène faisait la tête. Elle était assise sur le lit. J'ai bien compris qu'il s'était passé quelque chose.

Tout en parlant, Florence donnait de légers coups pour faire tomber la cendre de sa cigarette :

— Dis-moi, Éric n'aurait pas eu une histoire avec Irène à ce moment-là ?

— Il y a eu quelque chose, convint Anne, c'est vrai.

— Je le savais, dit Florence. J'en étais sûre. Ils se sont disputés à cause d'Irène. La politique, ce n'était qu'un prétexte !

Elle souffla la fumée, laissa passer quelques minutes, demanda :

— Et toi, dans tout ça ? Tu as été très liée avec Éric ? Vous étiez proches à un moment…

— Oui, reconnut Anne, tu le sais bien. Pourquoi poses-tu la question ?

Une poire mûre tomba dans le jardin.

— Comme ça, dit Florence. Comme on pose en général les questions : pour savoir. (Et elle s'avança un peu plus :) Proches ?

— Oui, dit Anne, proches ; ça n'a plus d'importance maintenant. Tu m'interroges comme si j'étais au tribunal.

Et Florence sut : elle se taira, même après tout ce temps. Malgré les cendres dispersées. Elle se taira toute sa vie. Elle est furieuse.

Mais Anne reprit :

— Je n'en veux à personne, contrairement à ce que tu crois. Je ne lui en voulais pas à lui. C'était autre chose. Je n'aurais jamais imaginé ce qui lui est arrivé.

— Naturellement, dit Florence. Qui pouvait ? Un accident.

— J'ai été, murmura Anne, j'ai été…

Sa voix se brisa.

Elle laissa passer un moment :

— Tu te souviens, en Italie, le soir où la brune du bar-alimentation de la *piazzetta* a été emmenée en ambulance parce qu'elle accouchait ?

— Oui, dit Florence, bien sûr.

— On avait entendu le bruit et on était sorties sur la terrasse. Tu m'as dit : Il va peut-être naître sur la route, dans l'ambulance. Il a dû y avoir une urgence. Tu m'as dit, je me souviens encore : c'est bizarre de naître sur une route, en pleine nuit, en plein été. Eh bien, tu vois, quand Éric est mort, j'y ai pensé. Lui aussi, c'était en pleine nuit. Ce n'était pas un dépassement, comme a dit Christophe. C'était à un carrefour. La voiture arrivait sur la gauche ; elle l'a percuté de plein fouet. Il est mort sur le coup. C'était l'autre qui était en tort.

Florence, qui se balançait toujours, en équilibre sur les pieds arrière de sa chaise en fumant, s'arrêta, répéta d'une voix à peine plus basse : de plein fouet ?

Le temps s'étendait devant elles comme l'herbe sombre.

Puis Florence dit :

— Margaux est née elle aussi en pleine nuit. Moi aussi, je suis partie en ambulance. Celle-là, elle m'en a toujours fait voir de toutes les couleurs.

Elle écrasa sa cigarette :

— Ça ne sert à rien de remuer ça ; on est là à attendre… Pourquoi est-ce que Muriel ne revient pas ? Qu'est-ce qu'elle fabrique ? Tu as remarqué ? je trouve ça curieux, elle n'a pas dit où est Jean-Louis. Elle n'a presque pas parlé de Jean-Louis.

— Il est en déplacement je ne sais où. C'est pour ça qu'elle nous a invitées. Elle est seule.

— Les hommes, dit Florence en bâillant, sont toujours plus ou moins en déplacement. Et les enfants, ne parlons pas des enfants ! C'est tout noir, là où sont les arbres. On ne voit pas une lumière. Qu'est-ce que c'est ?

— Je ne sais pas. Un bois. Une réserve de chasse. Je ne sais même pas s'il y a une maison. Le mur de pierre à droite est celui d'une propriété, d'après ce que Muriel m'a dit. Je ne crois pas que ce soit habité. C'est très grand, et à l'intérieur, c'est en ruine.

— Entre nous, je ne sais pas comment fait Muriel. Moi, je deviendrais neurasthénique dans cette maison. (Et Florence se pencha :) Tu as vu qu'elle laisse son sous-sol ouvert ? N'importe qui pourrait entrer.

— Pourquoi veux-tu que quelqu'un entre ?

— Quelqu'un peut toujours entrer. Je pars de ce principe.

*

Depuis que c'était allumé, de petites formes de moustiques dansaient au-dessus du massif d'hortensias sous la fenêtre de la cuisine,

Muriel était toujours occupée,

peut-être démouler des choses, les disposer sur un plateau,

mettre des cuillerées de crème fraîche sur la tarte,

Muriel disait au jeune poète : Aide-moi au lieu de rester planté. Va chercher la bouteille de champagne ! Le jeune poète planté devant elle pensait lui aussi que c'était dur de naître, que c'était dur de vivre. Et il se grattait le ventre sous son tee-shirt selon un geste qui lui était habituel, il se mordait la lèvre, il pensait qu'il perdait sa jeunesse ; la jeunesse devait se passer dans le bruit, la fureur ; sinon, ce n'était pas la jeunesse, qu'est-ce que c'était, alors ?

Qu'est-ce qui passait ?

— Quand as-tu lavé pour la dernière fois ton tee-shirt ? demanda Muriel au jeune poète en dessinant à la seringue des volutes de crème fouettée sur la tarte. Je ne sais pas si c'est mieux, pensait-elle, mais ça décore.

Anne se leva, fit quelques pas pour se dégourdir les jambes. Elle marcha en direction de la haie qui s'avançait comme un môle sombre sur le ciel. Sa voix venait d'un peu loin.

— J'aurais pu me tuer, dit-elle soudain, si tu veux savoir, si c'était le sens de ta question de tout à l'heure, si c'était le sens de vos suppositions à tous, toujours derrière mon dos, tu crois que je ne m'en apercevais pas. J'ai voulu me tuer à cause d'Éric, dit Anne, au moins, il me semble que cette idée m'a traversée à un moment. On ne se rend pas compte quand on est jeune. Voilà, maintenant, tu sais puisque tu veux savoir.

Tchic, fit à nouveau, au loin, la porte du frigidaire.

*

La tête de Muriel disparut de la fenêtre de la cuisine. Et tout de suite après, la lumière s'éteignit, le mur retomba dans l'ombre ; les massifs que la lumière avait éclairés disparurent. Elles entendirent sa voix, comme si elle s'exclamait (ou peut-être elle avait laissé tomber quelque chose).

Elles ne voyaient plus rien. Pendant un temps, il n'y eut plus d'éclair. Les hortensias et les rosiers, rien ne bougeait – dans l'ombre on aurait dit des rosiers blancs. Les massifs faisaient à peu près comme la masse obscure des spectateurs dans un théâtre, le silencieux parterre d'un théâtre. Ils nous regardent, pensaient-elles, qui sait ce qu'ils attendent ?

Anne renversa la tête. Un point lumineux se déplaçait dans l'espace. Elle pensa : Une étoile ? Un avion ? Il faut faire un vœu si c'est une étoile filante...

Elle vit la lumière rouge du feu arrière (ou d'un feu de signalisation sur l'aile). Il clignotait comme les petits éclairs de chaleur. Ce n'est pas dangereux ? pensa-t-elle. Ça doit secouer dans les nuages. Est-ce que les avions sont à l'abri de la foudre ? Puis une expression lui revint, la rassura bien qu'elle n'en connût pas le sens : ça doit faire « cage de Faraday ».

Elle dit :

— Il y a encore un avion.

— Ou un satellite, corrigea Florence en écrasant sa cigarette. Maintenant, il y a aussi des satellites. Il y en a qui tournent en prenant des photos de la terre. Ils permettent d'établir les communications. Bertrand m'a expliqué. Tout le monde peut savoir où on est. La DGSE. Les services secrets. Il y a des traces de tout. Ton portable te localise. Quelqu'un peut dire en ce moment la place exacte où tu te trouves. Il y a des coordonnées précises. Ils pourront dire où tu étais ce soir quand ils exploiteront les données, ils auront des preuves. Le monde de Big Brother. L'oubli ne sera plus possible. On ne pourra plus mentir, plus garder un secret.

— C'est un avion, dit Anne.

Le ventre de l'appareil passait lourdement au-dessus d'elles, avec un bruit sourd. Il était bas, peut-être proche d'atterrir, il avait l'air d'une émanation de l'orage.

Florence consulta son portable ; le petit écran bleu s'alluma dans l'obscurité et son visage penché, inquiet, déterminé, de femme qui voulait paraître encore jeune fut éclairé en bleu par en dessous. Elle souffla d'un air irrité :

— Franchement, Bertrand exagère ! Il avait dit qu'il rappellerait. Sais-tu où sont nos chambres ?

— Sur l'avant, dit Anne, de ce côté, j'ai cru comprendre. Elles donnent sur le noyer.

Je ne vais pas arriver à dormir, pensa Florence, je n'arrive jamais à dormir dans des lits étrangers. Elle dit :

— C'est quand même dommage que Jean-Louis n'ait pas voulu faire de piscine, ici, avec la place qu'ils ont. Je l'aurais mise le long de la maison, sur la droite. On se serait baignées cet après-midi. Si j'avais pu me baigner, je me sentirais mieux.

— La maison n'a pas été installée pour toi, fit remarquer Anne. Ils ont de très beaux arbres, et il aurait fallu les arracher.

*

Elles se turent.

Muriel descendait les marches de la maison, portant son saladier. Elle était pieds nus, elle avait laissé ses tongs au pied de l'escalier, elle avait marché pieds nus sur le carrelage frais de sa cuisine. Il se tachait d'humidité, c'était encore un signe d'orage.

Derrière elle, le « poignant mystère » de la jeunesse, l'adepte du « death metal » toujours aussi décoiffé et barbu, marchait aussi, pieds nus comme le Christ sur l'eau du lac de Tibériade, insensible aux piqûres de l'herbe, portant le pain et une bouteille.

La chienne gémit parce que sa maîtresse approchait.

J'en ai fait trop, pensait Muriel. Qu'est-ce que je vais faire des restes ? Et j'ai dû oublier de saler. De quoi parlent-elles ? Elle les vit se taire brusquement. Et soudain, elle eut peur. Est-ce qu'elles posent des questions sur Jean-Louis ? Est-ce qu'elles sauraient ? C'est impossible.

Elle avançait, et elle voyait la forme de Babouchka aplatie dans l'herbe. Son museau touchait le pied de Florence. Elle voulait être aussi près d'elles qu'elle le pouvait. Mais pourquoi ? Pourquoi les chiens veulent-ils ainsi toujours rester auprès des hommes ? Est-ce qu'ils ont peur ? Toujours peur d'être abandonnés ? Elle faisait semblant de dormir mais elle les écoutait – Muriel pensa : de tout son cœur, de tout son pauvre cœur de chien, elle n'arrive même plus à respirer.

Si ma pauvre Babouchka meurt, pensa-t-elle, si ma pauvre Babouchka meurt, qu'est-ce que je vais devenir ?

Mais elle posa le saladier, dit avec bonne humeur : avocats, pamplemousses, crevettes, prit les assiettes en pile, les distribua. Hugo posa le pain et la bouteille. Babouchka tendit le museau et gémit.

— Ta chienne ne perd pas le nord, dit Florence. Elle est toujours gourmande.

— C'est tout ce qu'elle a, dit Muriel, sur la défensive. Tout ce qui lui reste.

Les autres reprirent : Tu sais de quoi on parlait quand tu étais à la cuisine ? Du soir de l'élection de Mitterrand. Il y a eu un de ces orages ! On était chez Irène. Tu y étais toi aussi. Elles dirent au jeune poète qui s'était assis en tailleur dans l'herbe : Toi, tu n'étais pas né. Où étais-tu ? Elles regardaient le charmant visage viril et barbu. Dans les limbes ?

— Pour lui, dit Anne, c'est la préhistoire, le Moyen Âge.

— Je ne me rappelle pas l'orage, dit Muriel. C'est drôle. Vous êtes sûres ?

— Mais si, ce n'est pas possible que tu aies oublié, tu ne te rappelles plus ? Il pleuvait des cordes. On était tous là. Il y avait Pierre, c'est sûr. Pierre sortait du tennis. C'est même la dernière fois qu'on a vu Pierre. Il y avait Éric. Il y avait quelqu'un d'autre, on vient de s'en souvenir, on n'arrivait pas à trouver.

— Antoine Rullier, dit Muriel. Je crois que c'était Antoine.

— Je l'ai revu, s'exclama Anne, l'autre jour ! Florence, il n'avait pas un petit faible pour toi ?

Florence sourit.

— Il y avait, dit Anne, cette odeur de l'orage à Paris, et tout le monde attendait. On ne savait pas ce qui allait arriver. Maintenant, ça paraît si bizarre.

Elle sentit le mufle de la chienne entre ses jambes. Elle lui donna une crevette, la chienne la renifla, ne s'y intéressa pas ; la crevette rose resta par terre entre les pieds de table.

Muriel alluma le photophore. La flamme poussa, bien droite entre les parois de verre, elle brûlait l'œil, et son reflet se dédoublait sur les parois.

Hugo se déplia, s'assit à table, sortit une cigarette de la poche arrière de son jean, voulut l'allumer à la flamme. Florence lui tendit son briquet : leurs deux visages très proches furent éclairés ensemble par la flamme, ensemble malgré la différence de l'âge, malgré la différence du temps. Ils soufflèrent en même temps la fumée comme si cette différence était effacée, comme si ce plaisir de fumer effaçait la différence d'âge.

Elles dirent : Alors, Hugo, il paraît que tu écris des poèmes. Il paraît que tu es très doué ! Tu devrais nous lire quelque chose. Florence dit :

— J'adore les poèmes. Je connais des tonnes de poèmes. (Elle lui donnait de petites tapes sur le bras en l'interrogeant :) Allez, allez… Ne fais pas tant d'histoires.

— Mange, dit sa mère. J'ai pris les ananas pour toi.

Il tendit son assiette et dit pour les impressionner :

— La poésie que je fais est une poésie critique – c'était une phrase de l'animateur de l'atelier,

il dit : on ne peut plus écrire de manière spontanée. Il faut écrire de manière citationnelle, des fragments, aujourd'hui, il y a une crise du sujet,

il fumait, pérorait, et répandait négligemment la cendre de sa cigarette dans un gobelet de plastique, il faut « déconstruire », disait-il, la poésie doit investir « d'autres champs du réel »,

la fumée de la cigarette s'élevait dans le noir. Anne chercha un poème qu'elle avait aimé, mais un seul lui vint à l'esprit, elle l'avait appris en primaire : *Les grand'routes tracent des croix / À l'infini à travers bois.*

— C'est de qui ? demanda Florence.

Une voiture passa ; ses phares firent voir la profondeur invisible du pré. Les bêtes s'étaient rapprochées du grillage, la lumière jaune brilla dans la pulpe des yeux d'un chat qui se coulait sur le bord de la route, il avait une drôle de cocarde blanche sur l'œil ; puis la lumière fit apparaître un arbre solitaire dans le virage comme un décor de cinéma, puis l'arbre eut l'air d'être abattu, de se renverser en arrière ; les deux pinceaux des phares entrèrent dans le tunnel du bois. Un nouveau coup sourd ébranla le ciel. Un éclair fusilla la coupole sombre du bois du Lambourg.

Elles dirent : Je me demande si on aura le temps de finir la salade. Hugo, tu pourrais parler de l'orage dans tes poèmes ? Elles pensaient à l'attente énorme du monde respirant dans le noir, poussé par la force aveugle du temps – « l'âme du monde », pensa Anne, j'ai lu ça quelque part.

Hugo mangeait avec bon appétit. Et elles, elles piquaient leurs fourchettes sans trop voir dans les petits corps farineux et fermes des crevettes, dans les quartiers pâles d'ananas mélangés à de la salade. Elles burent le champagne, Hugo avait ouvert la bouteille ; c'est mieux un homme pour ouvrir les bouteilles, dirent-elles ; elles rirent, entrechoquèrent leurs verres, dirent : Buvons à nous ! Je suis déjà un peu pompette ; elles insistèrent : Tu ne veux vraiment rien nous lire ? Tu n'écris pas de poèmes d'amour ? À ton âge, on écrit des poèmes d'amour.

Anne dit soudain :

— Buvons à l'Italie ! Buvons à Maurizio !

À nouveau, elles tendirent leurs verres. Et Anne pensa : lui au moins ne parlait pas de « fragments citationnels », et elle revoyait le moment où il l'avait pressée contre sa chemise dans le petit vestibule obscur. Elle but d'un trait son deuxième verre. Elle se sentait joyeuse, un peu ivre. Quelle vie j'ai eue, se dit-elle, quand même, quelle vie j'ai eue !

Même Florence commença à chanter *sarà perché ti amo*, parce que, depuis le début de l'après-midi, depuis qu'elles avaient regardé les photos, *sarà perché ti amo* lui tournait dans la tête ; elle balançait les mains en rythme au-dessus de sa tête comme elles faisaient avec Maurizio à « L'Alhambra », ou dans leurs soirées d'étudiantes, sur le disque de Claude François : *Alexandrie, Alexandra.*

Elles dirent : Hugo, tu connais Claude François quand même ? Il est revenu à la mode.

— Je me souviens du jour de sa mort, dit Anne. Ils avaient bouclé le quartier ; il y avait un silence partout ! Plein de cars de police. On se demandait ce qui se passait, on aurait dit un attentat. Claude François habitait tout près de mon ancien foyer. J'étais voisine de Claude François,

(*quelle vie j'ai eue !*).

— Comment est-il mort ? demanda Hugo, la bouche pleine.

— Électrocuté dans son bain avec son sèche-cheveux.

Hugo rit aux éclats.

— C'est ridicule, dit-il, une mort complètement ridicule !

Il y eut un coup mat au-dessus du bois.

— Ne ris pas, dirent-elles, avec l'orage, ça pourrait arriver. L'orage est sur le bois ; les gens foudroyés, ça existe.

*

— À propos, vous savez que Boulis a pris sa retraite ? demanda Anne. Je suis allée au pot de départ.

— Ce vieux Boulis ! dit Muriel, *L'Éducation sentimentale.*

Florence leva sa fourchette, récita :

— *Il voyagea, il connut la mélancolie des paquebots, les froids réveils sous la tente, l'amertume des sympathies interrompues.*

— Tu as oublié quelque chose avec des paysages et des ruines, dit Anne.

Et Muriel demanda :

— Tu as vu sa femme ? Je veux dire : la femme de Boulis ? J'aurais bien aimé savoir à quoi elle ressemblait. Il paraît qu'il était marié avec une hôtesse de l'air ?

— Boulis ? dit Florence. Ça m'étonnerait. Il passait sa vie en bibliothèque. La troisième table en partant de l'entrée. Elle était réservée pour lui. Où veux-tu qu'il rencontre une hôtesse de l'air ?

— Pour des colloques, dit Muriel, ils voyagent. Anne te le dira. Il aurait pu rencontrer une hôtesse. C'est plausible.

En tout cas, je suis sûre qu'on me l'a raconté. Boulis avait un certain charme.

— Boulis! souffla Florence, les yeux au ciel. Boulis, un certain charme!

— Muriel veut dire « un charme d'intellectuel », c'est particulier, dit Anne. Le charme des intellectuels, ça existe (elle piqua une crevette), en tout cas, c'était le meilleur spécialiste de Flaubert. Ils l'ont rappelé au pot de départ. Il est très connu au Japon et aux États-Unis. Aucun Japonais ne peut faire sa thèse sans avoir lu Boulis. Maintenant, c'est Rullier, le meilleur spécialiste. D'après ce que j'ai compris, Rullier serait son « héritier spirituel ». Au pot, j'ai revu Rullier et Goulet. Rullier a fait une belle carrière, et Goulet est complètement chauve. Méconnaissable. Ça change beaucoup les hommes, quand ils n'ont plus de cheveux. Boulis, je l'aimais bien, moi aussi.

— Il avait les oreilles décollées, dit Florence. Vous avez des goûts bizarres. Il était moche; il zézayait. Je ne comprends pas ce que vous lui trouviez. (Elle soupira:) « un charme d'intellectuel »!

Hugo ferma les yeux, rejeta la tête en arrière, expira de la fumée, rit:

— Les oreilles décollées, vraiment?

— Oh, dit Anne, Florence exagère. C'était une séduction intellectuelle, je ne sais pas comment dire... (Elle renonça à expliquer.) Je ne me souviens plus, tu penses bien. Je ne l'ai même pas reconnu l'autre soir. Je ne séchais pas un cours. Je prenais tout en notes. J'ai un paquet de notes sur *L'Éducation sentimentale*. Elles doivent être à la maison quelque part, à la cave. Je ne les ai jamais relues, je ne les relirai certainement jamais. (Elle dit en riant:) « La poire est mûre », c'est dans le texte, je suis sûre.

— Oui, dit Florence, « la poire est mûre », ce n'était pas mal. Qu'est-ce que tu as dit à Boulis ?

— Oh, une banalité. Merci pour vos cours. Trois fois rien.

— Tu l'as fait ? dit Florence. Moi, je n'y serais pas allée, tu vois.

— Et pourquoi ? demanda Anne.

— Je ne sais pas, dit Florence. Je déteste les pots de départ.

— Quand même, Boulis avait une très belle voix, reprit Muriel, une voix grave. J'aime les voix graves. Un jour, il nous a récité : *Un je ne sais quel charme encor vers vous m'emporte*, ça m'avait tellement plu,

elle répéta : *Un je ne sais quel charme.*

Elle fit un geste dans le noir.

— Tu connais ce vers, Hugo ? Du Corneille, ça te plaît ?

Il eut un geste tolérant, charmant et prétentieux, l'air de dire que c'était passable.

Babou gémit, peut-être à cause du chat qui avait une cocarde sur l'œil.

— Ça te plaît, hein, ma Babou, à toi au moins, dit Muriel. Vous voyez ? Cette chienne aime la poésie. Cette chienne sent tellement de choses. Avec les animaux, on peut avoir des rapports beaucoup plus compliqués, beaucoup plus riches que ce qu'on croit. On peut avoir des rapports presque humains. Avec n'importe quel animal. Même les vaches qui sont là-bas, je suis sûre. Plus j'avance, plus je le pense, le monde est un tout. Le soir, quand il fait très humide, j'ai de petits crapauds qui viennent au bas de la terrasse. Quelquefois même jusqu'à la porte. Il y en aura peut-être ce soir. C'est fou ce que leurs ventres se dilatent quand ils respirent. Les crapauds ont un cœur énorme. Ils ont l'air terrifié, mais je crois qu'ils me reconnaissent et qu'ils m'écoutent. Je leur parle.

Les deux autres pensèrent aux vaches qui s'étaient tournées vers elles dans le noir, qui avaient peut-être peur de l'orage, dont les cœurs battaient aussi,

(la pulpe vivante de leurs yeux dans le noir, leurs grosses narines humides, leur cou tendu au-dessus des barbelés).

Elles faisaient maintenant une ligne le long de la route, et Muriel souffla :

— C'est bizarre comme la nuit rapproche.

*

Hugo regarda sa montre :

— J'y vais, dit-il. Je vous laisse. Il est bientôt l'heure. Il faut que j'appelle Sybille.

Le charme fut rompu.

— Et ma tarte ? demanda Muriel. Tu n'en veux pas ?

— Plus tard, dit-il. Demain. Il fait trop chaud. Je n'ai pas faim. Garde ma part.

Elles le regardèrent s'éloigner dans l'ombre.

Quand il entra dans la maison, tout était tellement silencieux qu'elles auraient pu entendre ses pieds nus lorsqu'il monta les marches de l'étage, puis à une fenêtre de droite, la lumière s'alluma.

Muriel dit :

— Il est très amoureux de cette fille. Il passe son temps sur Skype.

— Elle est jolie ? demanda Florence, d'une voix indifférente.

— Oh, dit Muriel, oui, bien sûr, à mon avis, ça ne durera pas, ça ne dure pas, à son âge. Il changera.

— Je ne comprends pas vraiment non plus, pour Margaux, reconnut Florence. Son copain est couvert de tatouages. Un type qui voudrait faire du cinéma, mais qui, à mon avis, n'en prend pas le chemin. Bertrand en est malade. Il espérait autre chose pour sa fille.

Anne dit :

— On ne choisit pas. Depuis le temps, on devrait quand même le savoir ! on peut tomber amoureux de n'importe qui. Même Flaubert. Si je me souviens bien, le modèle de Marie Arnoux était moche, une brune avec un genre de moustache, il l'avait rencontrée quand elle était enceinte et il l'a aimée toute sa vie ; je ne sais plus où j'ai lu ça.

Florence rit :

— Dans le cours de Boulis. Dans la partie : « la vie et l'œuvre ».

Elle écrasa sa cigarette, hésita, reconnut :

— Tu as raison. Quand Muriel a récité le vers tout à l'heure, j'ai pensé à quelqu'un. J'ai tout de suite pensé à quelqu'un. C'est plus fort que moi. Je suis toujours amoureuse de quelqu'un, dit Florence, plus ou moins, je dois dire. Même maintenant ; même encore. Je suis comme ça. Je tombe sans arrêt amoureuse. C'est, comment dire, *systématique*. Une maladie.

Elle regardait la flamme du photophore. Ses yeux brillaient, mais elle ne pleurait pas, c'était la flamme,

elle dit : je crois que je suis trop sensible.

Le dernier, c'était le kinésithérapeute de papa. Quand papa s'est cassé le col du fémur, j'allais le voir à la clinique. La rééducation a été longue, et encore, papa s'en est sorti. C'était difficile d'aller voir papa. La clinique, ce n'est pas très drôle. (Ses mains tremblèrent.) Je me disais : je vais voir Alain, c'est lamentable, je sais bien. C'est pathétique ; je suis tombée amoureuse du kinésithérapeute de papa. Malade littéralement quand j'entendais sonner le téléphone. Un manipulateur, en plus, un menteur ! Marié, évidemment. Pour tomber sur des types douteux, j'ai le chic.

*

Muriel s'était levée pour remporter le plat ; elle s'assit brusquement, enfonça la tête dans ses mains.

— Muriel, dirent les autres, ça ne va pas ? Qu'est-ce qui t'arrive ?

elles pensaient : qu'est-ce que nous avons dit ?

elles pensaient : c'est la nuit ; elles pensaient : mon Dieu, Muriel a une maladie grave ; Muriel a un cancer du sein, c'est comme ça que les femmes finissent. Mais Muriel paraissait incapable de répondre ; elle hoquetait.

Anne se baissa, ramassa la crevette par terre, la mit dans le cendrier, sur un petit coussin de cendre : C'est l'orage, certainement. L'orage rend nerveuse. Cette grande maison aussi… Muriel, tu n'es pas surmenée ? Tu es sûre que tu te reposes ? Tu n'as pas besoin de partir ? Te changer les idées ? L'Italie, dit Florence, pourquoi ne ferais-tu pas un petit voyage en Italie ?

Pourquoi est-ce que tu n'y retournerais pas, toi aussi ? J'ai les coordonnées du Lodge dans mon sac, je vais te les donner tout de suite.

L'orage grondait.

Muriel pleurait, les coudes sur la table, la tête rentrée dans les épaules. Le bruit était curieux dans le silence.

— Qu'est-ce qu'il y a ? dirent les autres. Qu'est-ce qui se passe ? Elle est fatiguée. On accumule, pensaient-elles. Tout ce qu'on a accumulé ! On se retient. Un jour, ça lâche !

D'abord, elles ne comprirent que le nom « Jean-Louis ».

— Qu'est-ce qu'il a ?

— Il est parti, sanglota Muriel. Il m'a laissée.

— Laissée ? Depuis quand ? Comment ça ?

— Je ne sais pas, disait Muriel en reniflant. Je ne sais plus. C'est arrivé bien des fois, si souvent. Des années... Sans arrêt... toute ma vie !

Elles regardaient, atterrées, devant elles,

(mais, plus tard, Florence dirait à Bertrand : c'était trop disproportionné, il y avait dans ce couple quelque chose qui ne collait pas, je le sentais, je l'aurais parié).

Muriel finit par trouver son mouchoir, se moucha, se reprit :

— Cette fois, il veut divorcer. Pour son assistante. C'est dur. Je ne l'ai dit à personne, sauf à ma mère et aux enfants, il a vidé entièrement son placard.

Elle se lança dans un récit circonstancié, elle mélangeait beaucoup de choses, sa mère, les plateaux-repas, les travaux de la cuisine ; elle remontait dans le temps : des soupçons, des messages, des retards.

— Tu ne peux pas rester dans cette situation, dit Florence

avec fermeté. C'est inconcevable, avec les solutions qu'il y a maintenant, tes enfants sont élevés. Tu ne vas pas te laisser faire. Bertrand travaille avec un important cabinet d'avocats au ministère. Tu le traînes au tribunal et tu lui demandes de grosses indemnités. Je vais te donner tout de suite l'adresse (et elle chercha dans son carnet : maître... maître...).

Un coup de gong énorme frappa le bois. L'air souleva les feuilles et faillit renverser le photophore. Des gouttes commençaient à tomber. De grosses gouttes chaudes, qui faisaient par terre, sur les tommettes de la terrasse, des taches larges comme celles du pelage d'un léopard.

— Il pleut ! cria Hugo depuis une fenêtre de la maison. Ça commence !

Très vite, le bruit soutenu de la pluie couvrit tout ; elle leur coulait sur le front, dans le cou.

— Ferme la fenêtre, Hugo ! criait Muriel en larmes. Dépêche-toi ! Ferme toutes les fenêtres de l'étage. Je ne peux pas m'offrir le luxe d'avoir une vitre cassée, surtout maintenant.

De l'autre côté de la route, les vaches subissaient la douche sans broncher, comme les fleurs et les arbres.

Babou se souleva péniblement ; elle trottina sous la pluie derrière elles, au ras de la pelouse et dans la nuit complète, elle avait l'air d'une motte de neige mobile. Et elles, elles criaient : quelle saucée ! Je prends la bouteille, je prends le reste de la tarte, on va mettre à l'abri l'essentiel,

elles attrapaient au hasard une assiette, ou un verre. De l'eau de pluie remplissait la cruche, les restes de la tarte se détrempaient. Les mégots nageaient dans le cendrier.

— On laisse le reste, disaient-elles. On n'a pas le temps.

L'eau tombait de plus en plus fort. Elles étaient obligées de crier. Elles coururent, grimpèrent les marches quatre à quatre.

Elles avaient oublié la cruche sur la table. Tant pis, c'est de l'eau, dirent-elles. Elles fermèrent les fenêtres, épongèrent les appuis, entassèrent la vaisselle dans la machine.

— Il faut que tu te reposes, dirent-elles fermement à Muriel lorsqu'elle entra en coup de vent dans le couloir, la dernière, les traits tirés, les cheveux trempés et collés sur le front, avec deux assiettes sales. C'est ce que tu as de mieux à faire. Il est tard. Tu as besoin de repos ; on parlera de tout ça tranquillement demain matin.

Elles la traitaient comme une blessée.

*

Anne monta en s'essuyant le front ; elle était logée au premier étage. La maison était encore chaude alors que l'air dehors avait pris une fraîcheur de torrent ; elle suivit le tapis du couloir en pensant que les maisons avaient toutes leur odeur et que ces odeurs faisaient se sentir étrangère, plus que les lieux, plus que la place particulière des fenêtres et des meubles.

Le couloir sentait encore la peinture, une vague odeur de chantier. Les travaux de la cuisine, pensa-t-elle, les fameux travaux ! Puis elle pensa : Partout, je me sens étrangère.

Elle ferma la fenêtre, enleva sa robe trempée, se démaquilla rapidement, se mit au lit et lut un gros roman américain (elle avait choisi d'orienter son séminaire sur la réception des littératures d'Amérique).

À un moment, la lumière de la lampe baissa, trembla comme s'il allait y avoir une coupure; la lampe n'éclairait pas très bien, l'ampoule n'était pas assez forte. L'eau roulait de la gouttière à gros bouillons. On aurait dit qu'un train secouait les vitres; elle pensait vaguement à un train en tournant les pages, comme si elle avait été au bord de la voie, à l'abri, c'était reposant; elle lisait et elle écoutait le train passer à côté d'elle, l'énorme train de la pluie qui avait gonflé les nuages, elle sentit peu à peu qu'elle diminuait, le rythme du dehors s'apaisait, rejoignait celui, intérieur, de son livre, une grande plaine où il faisait chaud. Ça se passait vers le Mississippi. Elle lut une description du Mississippi sous la lune avant d'éteindre sa lumière.

Ces Américains quand même, pensait-elle, les yeux ouverts dans le noir pendant que la pluie s'arrêtait, se réduisait à de petits coups discontinus et musicaux, pianotés sur le toit d'ardoises, au dix-huitième siècle, ils existaient à peine, leur territoire était couvert de forêts et d'Indiens, et maintenant, ils font des romans comme les Russes, ils décrivent le Mississippi sous la lune, comme nous avons décrit la Loire ou la Seine sous la lune, comme les Romains décrivaient le Tibre sous la lune. Tout le monde s'y met, les civilisations, finalement, arrivent toutes au même point, je veux dire (pensait-elle, les yeux ouverts dans le noir) d'un point de vue artistique: décrire un fleuve sous la lune.

Voilà ce qu'elle dirait à son séminaire: nous arrivons tous au même point. Elle se répétait lentement: le Mississippi. Le mot lui plaisait; il a des prolongements de fleuve, pensait-elle, on sent que c'est un fleuve large. Là-bas, les proportions ne sont pas les mêmes. Il y a de l'espace. La vie est certainement plus large, plus ouverte. Est-ce que c'est mieux ? C'est partout pareil. Elle entendait les petits coups musicaux sur les ardoises, de plus en plus espacés, la pluie s'arrête, pensa-t-elle, ce n'était qu'un petit orage (elle étendit ses pieds dans les draps frais),

un orage de trois fois rien…

Des pieds nus firent un autre bruit au-dessus d'elle sur le parquet. Le fils de Muriel marchait. Elle l'entendit ouvrir sa fenêtre. Une odeur de fumée passait à travers la cloison. Elle pensa : il fume toujours.

Elle apercevait dans la pénombre, posée sur une commode en bois clair, une photo des enfants avec le chien. Elle la regarda un moment. Jean-Louis et les enfants avec le chien ; il y avait la même photo au salon ; Hugo devait être le petit sur la gauche. Ce mariage, pensa-t-elle, toutes ces lumières sur les fenêtres de la salle, et maintenant… elle se souvenait de la première fois où Jean-Louis avait raccompagné Muriel, un grand type sympathique, très brun.

Et maintenant…

Elle se leva, ouvrit la fenêtre, reçut des gouttes du toit dans les cheveux.

Le ciel était tout noir, comme après un bon nettoyage. Puis elle vit de l'air plus clair étalé sur les fleurs trempées au-dessous d'elle (elle était juste au-dessus de la porte). Elle se dit : il doit y avoir une lampe allumée quelque part. Même une toute petite lampe dont l'éclairage suffit. Et elle sourit. Ça vient de la chambre de Florence. Elle a dû laisser sa lampe allumée. Florence ne doit pas dormir.

Il y avait quelque chose de pâle de l'autre côté de la route, peut-être du foin. Un oiseau chanta. La route brillait comme une sombre rivière.

Elle se recoucha, mais elle se sentait réveillée, lucide et incapable de dormir ; elle pensa : le champagne. Puis elle pensa : un kinésithérapeute. Et qui peut être l'autre dont Florence a parlé ? Ce type auquel elle pense quand on récite un vers. Et si c'était Rullier ? Il venait beaucoup. Il a fait partie de la bande un moment. Je me demande même s'il ne jouait pas au tennis avec Pierre. Intelligent. Bon joueur de tennis, classé, si je me rappelle. Elle est fichue de s'être amourachée de Rullier.

Et, couchée à plat sur le dos, regardant la lueur vaguement blanche du plafond d'où pendait une lampe Ikea (le genre de lampe bon marché qu'on met dans les chambres d'amis), elle réfléchissait – ce qu'elle appelait réfléchir –, des images sans lien lui passaient dans la tête, le tennis, les courts de la cité universitaire, Éric descendant les marches de la station Maubert, l'odeur de lasagnes froides du vestibule de La Rosetta.

Celle, âcre, d'une cigarette passait toujours à travers la cloison. Il enchaîne les cigarettes, se dit-elle, il a les gènes de sa mère ! À quoi pense-t-il ? Il compose peut-être un poème. Il cherche l'inspiration, comme des milliers d'autres avant lui ; il regarde les étoiles ; maintenant que l'orage est passé, elles sont nettes ; certaines vont s'éteindre, sans arrêt quelque chose change malgré le silence, le ciel vibre, les hommes écrivent : « Ô ciel plein d'étoiles ! »,

« Ô ciel plein d'étoiles, d'avions et de satellites ! » pensa-t-elle avec un rire intérieur. Ô terre couverte de routes, de rivières, d'arbres, de champs de pommes de terre et de chemins !

Mais elle regardait toujours le plafond :

« Ô matins ! » se dit-elle, je préfère tellement le matin ! À La Rosetta, le matin, dès six heures, il y avait quatre points de lumière jaune aux angles de la fenêtre, le store ne suffisait pas à masquer la lumière, elle passait dans toutes les rainures, on était réveillées à six heures, on remontait le store à la ficelle, et la mer était plate comme un lac, est-ce que c'est ça, être « rigide » ? inconsolable ?

Elle regarda son téléphone portable, il était minuit.

C'était idiot de parler de Boulis ; les autres s'étaient moquées d'elle. Florence surtout, Florence ne comprenait rien. Quand elle s'était retrouvée face à lui au pot de départ, elle s'était présentée : Anne Doucet, elle avait dit : l'année de *L'Éducation sentimentale*. C'était un repère comme un autre, elle avait dit : J'aimais beaucoup votre cours ; c'était très intéressant, très construit. Tout ce qu'elle avait trouvé. Ce n'était pas vrai, ce n'était pas non plus original, mais elle avait senti que ça le flattait, bien qu'il eût protesté : Oh, n'exagérez pas, je n'ai aucun mérite, j'ai fait ce cours des dizaines de fois, vous savez, c'était ma spécialité, ce roman ; je lui ai consacré ma vie, une manière de parler bien sûr,

– il considérait la tige pâle de sa coupe de champagne –,

il faut bien consacrer sa vie à quelque chose !

elle avait reconnu son léger zézaiement, elle avait dit en riant : Vous aviez expliqué « la poire est mûre ».

Il avait ri aussi : « La poire est mûre ! » Il avait le teint rouge. Il avait dû boire un peu trop mais c'était normal dans les circonstances. Il avait poursuivi : un roman dans lequel rien ne se passe. Rien n'arrive… Pas de sujet. Rien de décisif, la vie, n'est-ce pas, la vie…

Comme elle-même avait bu, elle était devenue très exubérante ; elle s'était mise à parler vite : on était plusieurs à venir, toute une bande, je ne sais pas si vous vous souvenez, elle avait énuméré plusieurs noms. Mais oui, disait Boulis, l'œil vague, mais oui…

Comme le plateau repassait, ils avaient repris tous les deux un canapé « chèvre tomate ». Boulis regardait avec insistance du côté du recteur en conversation animée avec un membre de l'École des Hautes Études, un homme qu'on voyait de temps en temps à la télévision. Elle avait compris qu'il voulait aller les rejoindre, qu'elle l'en empêchait.

Elle se retourna dans son lit, repensa au roman et se dit : il faudrait que je le relise. Au début, Frédéric était un jeune homme, un « bachelier » (un mot qu'on n'utilisait plus). À la fin, on ne savait plus trop quel âge lui donner, une petite trentaine ? elle se souvenait d'une femme déguisée en sphinx ou en ange mangeant des écrevisses, elle se souvenait de l'expression « un buisson d'écrevisses ». Je n'ai jamais mangé d'écrevisses, se dit-elle, il faudra que j'en mange un jour, au moins une fois dans ma vie ; elles doivent avoir à peu près le goût des langoustines, elle se souvenait avoir entendu dire qu'on en trouvait moins, qu'il fallait que l'eau soit très pure, une eau de torrent. L'eau est de moins en moins pure, se dit-elle ; il faut aller de plus en plus loin pour trouver des rivières vraiment pures.

Elle se souvenait que c'était monotone et triste, copieux, comme si la vie vous restait sur le cœur,

elle se souvenait de descriptions de tables, d'intérieurs cossus, ils mangeaient, ils glissaient de lieux en lieux, de repas en repas, il y avait une révolution, Frédéric disait à Marie Arnoux : vous étiez dans mon âme comme une madone, elle se coupait une mèche de cheveux blancs ; elle lui donnait cette mèche en souvenir, il ne devait pas y avoir de teinture,

– il faudrait, se dit-elle, que je regarde quand ils ont inventé les teintures –, une scène bizarre, rapide, un peu furtive, qui devait être la grande scène des retrouvailles, elle se jette à sa tête trop tard, quelle femme se risquerait à cela aujourd'hui ? à l'époque, les gens gardaient les cheveux de ceux qu'ils aimaient dans des médaillons. Comme il fait sombre dans le bureau, il ne s'est aperçu de rien ; il ne s'aperçoit pas qu'elle a vieilli. Quel âge a-t-elle ? Peut-être cinquante ? Peut-être mon âge ? Sa fille est mariée, son fils « en garnison à Mostaganem », je me souviens.

Elle se tourna encore,

où est Mostaganem, au Maroc ou en Algérie ?

*

L'écran grésilla.

La communication fut interrompue, sans doute à cause de l'orage. Il y avait eu un énorme coup de tonnerre sur le bois. La foudre avait peut-être touché un pylône.

D'ici que la ligne soit fichue, pensa Hugo.

Il rappela Skype. Au bout de quelques minutes, le visage souriant (et déformé) de Sybille reparut.

— Qu'est-ce qui se passe ? dit Sybille.

— L'orage, dit Hugo. Il y a eu un gros orage, ici, ça a secoué, il a plu des cordes, peut-être que la foudre est tombée pas loin.

Il laissa un silence.

— Tu savais, toi, comment était mort Claude François? Électrocuté par un sèche-cheveux dans son bain.

— Oh, dit Sybille, avec une moue charmante.

— Un type aussi célèbre. Jeune, dit Hugo. Ça fait réfléchir. À part ça, dit Hugo, je n'ai pas fait grand-chose, il a fait chaud, j'ai dormi une partie de l'après-midi. Quel temps fait-il en Californie? bon sang, la Californie, j'aimerais être à ta place. J'ai passé la soirée avec des amies de maman, deux vioques plutôt sympas; elles ont fait leurs études avec elle. Elles restent dormir. Maman les reconduit demain à la gare dans l'après-midi; elle était contente de les voir,

tu comprends, disait Hugo à Sybille, dont le visage légèrement déformé et souriant disait « cool »,

– l'image de Sybille passait par satellite ou sous l'océan, par des tuyauteries compliquées, l'image était réalisée grâce à des prouesses techniques inimaginables, inintelligibles, l'image venait de Stanford où il était un peu plus de midi, on sentait autour de Sybille qui souriait avec compassion le mouvement du jour et de la vie; en Amérique, le fleuve du temps coulait, allègre et pur –,

tu comprends, pour maman en ce moment, dit Hugo, c'est difficile. Je t'ai expliqué. Mais papa a aussi ses raisons, je suppose. La vie dans ce trou!

*

Heureusement qu'il y a ce jeune homme en dessous, pensait Florence, assise sur son lit. Je ne sais pas exactement où il est, et il est un peu jeune, évidemment, un peu fluet, mais il est quelque part dans la maison, et c'est un homme quand même. Jeune, mais un homme. Un homme, c'est dissuasif.

Elle tapa le code de son téléphone portable, puis étudia sa messagerie pour voir si quelque chose était arrivé. Mais rien. Rien de spécial. Personne ne lui avait écrit. Août, c'est le creux de la vague, pensa-t-elle. Il n'y a personne nulle part. Elle entendait le bruit de la pluie, dehors; la pluie la déprimait. À moins que l'orage ne perturbe le réseau. Un problème, pensa-t-elle, si l'orage se met à perturber le réseau. Précisément ce soir. Elle eut peur: peut-être que les communications ne passeront plus.

Elle remit le téléphone à charger, vérifia le fil, et alluma dans la minuscule salle de bains bricolée dans un renfoncement, elle sortit sa trousse de toilette, se massa le visage avec une crème hydratante, bien s'hydrater, pensait-elle, que la crème pénètre bien, par petits massages circulaires – c'était marqué sur la notice, les petits massages circulaires. Elle faisait les petits massages circulaires. Elle regardait son visage dans la glace (une glace dix fois trop petite, qui ne donnait pas de recul), et elle pensa: ma fille, il faut te prendre en main.

Elle sursauta parce qu'elle avait entendu un bruit d'aile. Un moustique ou un papillon de nuit. Il avait dû entrer par la fenêtre avant la pluie. C'est un moustique ou un papillon de nuit, certainement, se dit-elle, ce ne peut être qu'un moustique ou un papillon de nuit. Toutes ces bestioles! Elle entendait sa propre respiration et les torrents de pluie dehors. Calme-toi, se dit-elle. C'est un insecte. Il y a ce jeune homme, dans la maison, tu le sais. Nous, les femmes, produisons des hommes. C'est quand même extraordinaire. Les hommes nous font peur – car de qui avons-nous peur quand nous sommes enfermées entre femmes dans une maison isolée ? Mais nous produisons d'autres hommes (nos fils) qui nous protègent. Le monde est bien fait ! Sois optimiste, se disait-elle, sois positive.

Quel genre de choses peut-il écrire ? se demandait-elle en continuant les petits massages circulaires. Du Rimbaud, certainement. Ils écrivent tous un genre de Rimbaud, à son âge, c'est ce qui leur plaît : *ô que ma quille éclate ô que j'aille à la mer,*

Bertrand aimait Rimbaud quand je l'ai rencontré ; il m'en avait parlé à notre premier rendez-vous. Plus tard – beaucoup plus tard –, il m'a avoué qu'il ne l'avait jamais ouvert. Il a dit que c'était pour me plaire, m'impressionner. M'impressionner !

Elle arrêta les massages, guetta le déluge au-dehors (on avait l'impression qu'une foule piétinait le toit), et étudia longuement son nez – si seulement il était plus fin ! Ce Rimbaud, c'est adolescent, pensa-t-elle. C'est surfait. C'est (elle trouva le mot) si terriblement *masculin*. Je dois reconnaître que je n'aime pas tellement ça. C'est même un peu ridicule : *ô que j'aille à la mer.* Vas-y, pensa-t-elle, à la mer ! Et qu'on n'en parle plus. J'ai toujours pensé que Rimbaud était surfait.

Elle avait lu un texte qui lui avait plu davantage.

Un poème. Ça s'appelait « La descente de l'Escaut ». Il était aussi question d'un bateau, un vieux steamer. Le vieux steamer allait couler. Enfermées dans leur cabine, deux dames américaines écrivaient leur dernière carte postale. Et c'était beau d'imaginer ces dames américaines avec des robes montantes, un air guindé (sans doute désespéré), des ombrelles en dentelle – on ne disait pas si c'étaient des amies, ou des sœurs, ou une femme et sa gouvernante –, écrivant leur dernière carte postale, pendant que le bateau coulait dans l'Escaut,

(les « eaux boueuses » de l'Escaut, elle se souvenait),

C'était bien ainsi qu'elle s'imaginait. C'était tout elle, si féminin ! Avec une ombrelle en dentelle, qui avait dit qu'elle était faite pour les ombrelles ? Antoine Rullier. Pas étonnant qu'il ait fait une belle carrière ! Un type si subtil et si fin ! Elle se fit dans la glace un petit sourire mélancolique et distingué : Où est l'Escaut, exactement ? se demanda-t-elle. Il faudra que je regarde sur une carte.

J'espère que Muriel a fermé la porte d'entrée. Je n'ai pas osé lui demander. Elle a l'air complètement chamboulée. Il y a des gens qui vivent à la campagne et qui ne ferment jamais leur porte. Il y a des gens qui jouent avec le feu, pensa-t-elle, qui ne surveillent rien. Dans la vie, une chose est sûre, il faut faire attention tout le temps, ne jamais se relâcher. Muriel n'a pas dû faire attention. C'est au moment où on ne fait plus attention qu'on se fait piéger, il y a eu des signes, certainement, il y a toujours des signes de ce qui arrive. Moi, je l'aurais senti, j'ai des antennes.

La pluie diminuait et, avec le retour du silence, le papillon donnait l'impression que quelqu'un remuait tout près d'elle. C'était toujours pareil dans les maisons de vacances, le silence quand la nuit tombait ; des bruits inquiétants, des grincements dans les charpentes.

Elle alla vérifier sous la poutre et le vit, ce papillon, une petite bête toute grise, plate comme un pliage en papier. Mais il y a ce jeune homme quelque part, et ce jeune homme est vrai (et vivant), pensa Florence, mets-toi ça dans la tête, elle chercha la poubelle pour les cotons démaquillants ;

elle avait vu une série à la télévision, une série récente, une série inventée par de jeunes scénaristes barbus tout ce qu'il y a de plus vivants, désagréables et suffisants comme la plupart des jeunes scénaristes vivants. Et ces jeunes scénaristes vivants avaient imaginé que les morts revenaient dans le monde, on ne savait pas comment la chose s'était faite, il n'y avait aucune explication, mais les morts se retrouvaient dehors, en circulation dans les rues, une jeune femme voyait son ancien fiancé frapper à sa porte – ce jeune homme était doux et séduisant, il avait des cheveux noirs bouclés comme le fils de Muriel. Dans cette série, les morts n'étaient pas relégués dans de vieux bâtiments noirs, abandonnés, dans des tours de châteaux gothiques – si bien qu'on se dit qu'il suffit d'éviter les châteaux gothiques ou les bâtiments noirs, de démolir les châteaux gothiques et les vieux bâtiments, de tout jeter, les vieux fauteuils et les vieux meubles, de les remplacer par des meubles Ikea sans passé. Les morts frappaient à la porte d'appartements modernes, pleins de lampes et d'ordinateurs ; ils prenaient le bus ; aucun phénomène surnaturel n'accompagnait leur retour ; ils portaient des sweat-shirts ; ils étaient d'autant plus effrayants qu'ils n'avaient pas l'air morts.

Moi, je suis vivante, pensa-t-elle en s'étudiant, mais ça se rapproche, qu'on le veuille ou non. Je ne sais pas comment j'arrive à me maintenir, sensible comme je suis, le docteur Dubois le disait.

Je vais me faire un masque, pensa-t-elle, ça me fera du bien. Je n'aurais jamais dû regarder cette série (elle se revoyait devant l'écran, elle se disait : Éteins, tu es impressionnable ;

elle regardait quand même) ; ça ne *peut pas* se produire ; ce sont des idioties ; de pures idioties inventées par ces types en noir qui pérorent dans les cocktails, pour nous faire peur ; tout est normal.

Mais comme les ailes du papillon frottaient la toile de l'abat-jour, elle sursauta.

*

Bertrand appela peu avant minuit. Elle avait laissé la lumière. Elle était encore assise sur le lit, elle chuchota un moment à voix basse, elle dit :

— Il y a eu un énorme orage, ça tonnait ; il a plu ; c'est passé et ça fait du bien. Maintenant, il fait plus frais ; mais finalement, tu vois, je regrette d'être venue, je n'ai pas grand-chose à leur dire, au bout d'un moment, ça se distend, c'est fatal. Elles sont devenues étrangères, tu comprends, on a parlé de la fac, de l'Italie,

mais, dit-elle (démaquillée, solennelle), on prend des chemins différents, qu'on le veuille ou non, la vie sépare, tu vois, Anne a une personnalité très rigide, j'ai du mal avec les personnalités trop rigides,

elle dit : une immense maison loin de tout, sans piscine ; le lit est vieux ; un vieux matelas ; les gens mettent toujours leurs vieilleries dans les chambres d'amis, je déteste les chambres d'amis. Franchement, je préfère l'hôtel. C'est beaucoup plus confortable. (Et comme Bertrand protestait qu'elles avaient dû se raconter beaucoup de choses :) On a parlé de nos souvenirs, mais les souvenirs, tu sais ! Elles étaient toutes les deux amoureuses d'un vieux prof aux oreilles décollées, et savoir si untel, pourquoi untel, et cette pauvre Anne qui ne s'est jamais remise de sa rupture avec Éric sans qu'on sache…,

les souvenirs, dit Florence, ça me donne le cafard (elle collait le portable à son oreille, elle regardait la lampe sur sa table de nuit ; le papillon était posé dessus). Elle se dit : je suis sûre qu'il va faire du bruit quand j'aurai éteint la lumière, comment m'y prendre pour le faire sortir ?

elle dit : il y a un papillon de nuit dans ma chambre, c'est désagréable. Et si ça se trouve, dès que j'éteindrai, j'entendrai un moustique. L'orage amène des moustiques. C'est terriblement silencieux ici ; il y a un bois à côté. Aucune lumière. Aucune maison. Muriel a laissé les portes ouvertes toute la journée. Il paraît que des gens habitent derrière, mais je n'ai pas vu un chat. On va finir par se faire égorger.

— Tu es folle, disait la voix de Bertrand dans le carré de lumière bleue du téléphone, je me demande vraiment si tu es folle. Pourquoi veux-tu qu'on t'égorge dans ce trou, en pleine campagne ? La campagne, c'est là qu'on est le plus tranquille. Moi, j'aimerais bien y être, à la campagne, figure-toi ; mon hôtel est dans une zone commerciale, il y a du béton partout, il fait une chaleur épouvantable ; ici, l'orage n'a pas crevé, je ne suis pas sûr qu'il crève cette nuit et tout ce que je vois de ma fenêtre, c'est un McDo et un Lidl. Je donnerais n'importe quoi pour voir un arbre,

c'est comme ça, maintenant, disait la voix de Bertrand dans le carré de lumière bleue du téléphone : restrictions budgétaires partout, il ne faut plus compter sur les trois-étoiles, on est mis à l'Ibis, même les cadres. Le ministère fait des économies, il n'y a plus d'argent nulle part ; mais le ministre, lui, se déplace en avion, je peux te dire, ou en hélicoptère avec escorte et journalistes ; et il y en a qui se débrouillent, *Latouche a voyagé dans l'hélicoptère du ministre*, comment trouves-tu le bouillon ? Moi, je n'ai pas eu de place à cause de ces connards de journalistes. Et demain, gémit Bertrand, au petit déjeuner, demain, il y aura ces pots de confiture entièrement synthétique, et des pommes vertes qui ont fait trois ans de chambre froide, je t'assure, j'en ai soupé des Ibis, j'ai encore deux dossiers à lire, et ma première réunion, demain, est à sept heures.

— Évite la confiture, dit Florence, mon chéri. Tu sais bien que dans les confitures du commerce, il n'y a que du colorant et du sucre. Mange une pomme. Quand il fait chaud comme ça, on peut se contenter d'une pomme. (Elle dit, pour l'apaiser – une concession :) Latouche n'est pas un type intéressant. C'est un médiocre, un arriviste ; ça se voit dans son regard. Tu sais bien ; ce sont ceux-là qui *arrivent*.

Il fallait resserrer le couple, se soutenir.

— C'est vrai, reconnut Bertrand, tu le penses toi aussi ?

— Je le pense, dit Florence, ça se voit comme le nez au milieu de la figure (en même temps, elle donna, du plat de la main, un coup sur l'abat-jour, fit s'envoler le papillon).

Elle dit :

— Tu sais ce que j'ai appris ? Figure-toi que Jean-Louis a quitté Muriel, et que ce n'est pas la première fois. Tu te souviens de Jean-Louis ? Il était à notre mariage. Il faut reconnaître qu'il était plutôt bien quand il était jeune, il avait quelque chose de George Clooney, tu vois George Clooney, Bertrand ? D'ailleurs, je trouve que son fils lui ressemble. Eh bien, finalement, c'est un sale type. Il a fait à Muriel le coup classique, plaquée à cinquante ans, tu te rends compte.

Qu'est-ce qui lui reste ? Ses enfants, je sais bien, ses enfants. Mais les enfants s'en vont. Les enfants ne sont pas éternels.

Bertrand marmonna quelque chose et elle le soupçonna d'être en même temps en train de consulter sa messagerie.

— Bon, dit-il, vaguement, pas de chance pour Muriel. Je te laisse, il faut que je relise mes dossiers. J'ai encore deux ou trois petites choses. Amuse-toi, dit Bertrand, oubliant l'heure.

Elle eut une impression de solitude, l'impression d'être une des deux dames américaines du steamer de l'Escaut écrivant son ultime carte postale pendant que « l'eau boueuse » montait, atteignait la poitrine, les lèvres.

Elle raccrocha ; elle ouvrit en grand la fenêtre et se mit à chasser le papillon de nuit avec une serviette. Elle donnait de grands coups avec rage. Il lui échappa, rentra sous l'abat-jour, se colla sur l'ampoule de la lampe puis au plafond, sur une moulure où elle ne pouvait plus l'atteindre. Elle s'énervait.

Tout à coup, il fila par la fenêtre ouverte, dans le noir.

*

Muriel frappa deux coups, puis entra dans la chambre ; elle vit le dos de son fils et, face à lui, le visage de Sybille déformé sur l'écran. Sybille avait les cheveux dans le dos et des lunettes. Elle souriait. Sa bouche remuait. Sybille avait l'air de parler depuis une bibliothèque. Muriel fit un rapide calcul : Quelle heure est-il là-bas ? Un peu plus de midi. Il fait jour ; on est quand même plus optimiste quand il fait jour, on a beau dire. Je vois tout en noir, maintenant.

Puis elle pensa : Il partira là-bas, lui aussi. Il va faire une demande pour l'année prochaine. Il m'appellera sur Skype l'année prochaine, Jean-Louis l'encouragera à partir pour qu'il ait l'expérience de l'étranger, des références dans son CV, mon petit garçon, pensa-t-elle, mon fils,

elle dit :

— Hugo, il est très tard. Tu ne peux pas passer ta nuit sur Skype. C'est le jour là-bas, mais toi, tu as besoin de sommeil.

— Promis, « mum », marmonna Hugo.

Il lui parlait maintenant comme à une mère américaine.

— Tu ne t'es pas trop ennuyé avec nous ?

— Non, dit Hugo, t'inquiète pas, « mum », c'était cool. Elles sont très sympas, tes copines. Vous étiez mignonnes autrefois, dans vos shorts. Très rétro, confirma-t-il en secouant la tête, comme s'il avait vu des femmes du dix-neuvième siècle sur des gravures.

Elle restait pourtant,

elle soupira :

— Tu sais, tu fumes trop. Il ne faut pas fumer. Tu sais bien, le cancer.

— Oh, dit-il, le cancer…

Elle attendit encore ; il dit :

— Ta copine aussi fume. Sybille te dit bonjour.

Elle referma la porte, descendit au rez-de-chaussée où était sa chambre en essayant de ne pas faire crisser les marches en bois. Elle était fatiguée ; c'est parce que j'ai pleuré, pensait-elle. Pleurer épuise. Je me suis laissée aller. J'ai montré mes blessures. Je n'aurais pas dû. C'était l'orage. L'orage énerve. Florence va me persécuter avec ses adresses d'avocat. Je ne veux pas divorcer. Je ne veux pas d'avocat. Tous ces frais. Peut-être qu'il reviendra. Il est déjà revenu. Certains reviennent.

Elle s'assit sur son lit, regarda son téléphone portable, mais elle n'avait aucun message et elle fut traversée par une pointe de chagrin froide et triste. Elle referma le téléphone, le posa sur sa table de nuit.

Quand Babouchka gratta la porte, elle lui ouvrit, chuchota : « Viens, ma belle. »

La chienne couchait dans un panier au pied de son lit.

Elle se rendait compte qu'elle lui parlait comme à ses enfants autrefois. Elle le faisait quand même. Elle se souvenait de mots tout faits, de mots qu'on prononçait dans ce genre de cas, à propos des chiens, et des animaux de compagnie : une présence. À voix basse, elle dit à la chienne : elles vont rester déjeuner demain ; il faudra que je fasse des courses. On ira à Auchan très tôt, toi et moi. Je prendrai quelques beaux melons. Tu viendras avec moi, hein, ma belle ? Je t'attacherai dehors mais tu seras sage, tu sais bien que tu ne peux pas entrer dans le magasin, tu n'aboieras pas cette fois-ci.

La chienne trottina lourdement sur ses pattes et lui lécha la main. Puis elle essaya de sauter sur le lit. Son poil mouillé sentait le suint.

— Non, dit-elle, non, ma belle.

Et elle commença à penser aux courses qu'elle devrait faire. Elle ferma ses volets, constata que la lune avait reparu dans le ciel éclairci. On devinait la forme du noyer, les barreaux mouillés de la grille. La route brillait. Sur sa droite, elle voyait le massif d'hortensias.

Ça leur a fait du bien, pensa-t-elle, les fleurs commençaient à roussir. En août, la végétation est plus faible.

Elle tira sur la fermeture Éclair de sa robe droite, bleue, une robe d'été; elle l'avait trouvée au supermarché où on trouvait tout, à deux kilomètres; un tissu qui séchait tout seul, sans repassage, lavage machine à trente degrés, elle avait pensé: C'est suffisant. C'est bien suffisant pour ici. Une robe «pratique» et pas chère. Elle pensait toujours que c'était «suffisant pour ici». Ses ambitions avaient décru. Elle n'avait plus beaucoup de rêves.

La chienne s'était couchée en rond dans son panier.

Elle ôta la robe par le bas, libéra l'élastique de son soutien-gorge et de sa culotte. Les deux barres blanches qui constituent un corps de femme, l'armature d'un corps de femme avant qu'elle soit complètement nue. Elle tâta dans son dos l'agrafe du soutien-gorge, la défit. Des années qu'elle avait l'habitude. Elle fit la chose très vite.

Une fois enlevés les sous-vêtements, le corps nu ne ressortait plus dans l'ombre, le corps nu se confondait à l'ombre.

Elle s'allongea et éteignit.

Composition : Entrelignes (64).
Achevé d'imprimer
par l'Imprimerie Floch
à Mayenne, le 1er décembre 2017.
Dépôt légal : décembre 2017.
Numéro d'imprimeur : 91955.
ISBN 978-2-07-276774-6 / Imprimé en France.

328297